LE

FIL. D'ARIANE.

DE L'IMPRIMERIE DE DOUBLET,
RUE GÎT-LE-CŒUR, N° 7.

LE FIL D'ARIANE

OFFERT

A L'INTÉRÈT PUBLIC ET A L'HISTOIRE,

POUR SORTIR DU LABYRINTHE

LIBÉRAL ET DOCTRINAIRE,

SUIVI

De l'Examen des Opinions et des Griefs exposés dans la brochure de M. Kératry.

Par M. de L.[...]

A PARIS;

Chez PONTHIEU, Libraire, Palais-Royal,
galerie de bois, n° 201.

———

1820.

AVANT-PROPOS.

———

Un député du côté gauche vient de lancer dans l'arène une brochure polémique, où les affaires actuelles sont discutées dans l'esprit de son parti avec une vivacité de style très propre à exciter les passions et à augmenter le désordre.

Bien que cette brochure me parût présenter, sous un jour très faux et par conséquent très dangereux, la situation et l'intérêt de la France, je n'aurais point pris la plume pour la combattre, si j'avais cru le Gouvernement en position de le faire avec succès; mais les vrais argumens à opposer à

la révolution ne semblent pas encore en la
puissance du ministère. Des considérations,
qui sont de nature à ne pouvoir être appréciées que par ceux qu'elles commandent, le
retienneut dans une région de difficultés et
d'embarras où tous ses moyens sont bornés,
ses efforts sans développemens et sans portée.
Il peut bien disputer sur faits et articles avec la
faction qui l'accuse. Il peut écarter quelques
traits lancés à faux, en briser quelques autres; mais il en arrivera toujours assez pour
l'atteindre, tant qu'il ne lui sera pas possible
d'aller droit à l'assaillant, et de démolir le
fort où l'ennemi s'est posté.

C'est donc à nous, qui nous sommes
voués au triomphe de la vérité; à nous, qui
avons marché sous sa seule bannière, sans
examiner si celle du Gouvernement était devant ou à côté; à nous qui, exempts de la
chaîne des affaires, pouvons combattre les

ennemis de nos principes avec toute la liberté des théories, toute la puissance de la logique; c'est à nous qu'il appartient d'attaquer l'erreur et l'imposture au milieu de leurs progrès, de leurs menaces, et de leurs anfractueux discours.

En entrant aujourd'hui en lice contre un ouvrage qui a fixé un moment l'attention du public, je crois obéir à un devoir dont j'ai puisé le sentiment dans ma conscience et dans mon patriotisme. C'est pour l'intérêt de mes principes que je prends la plume, et non pour réfuter un écrivain dont je n'aurais probablement pas songé à relever les erreurs, si son livre n'eût offert qu'une opinion individuelle. C'est parce que ce livre est le premier *factum* publié par le parti depuis la clôture de la session; c'est parce qu'il offre avec assez d'adresse tous les moyens, tous les argumens, tous les griefs dont l'Opposition a enrichi son arsenal depuis trois mois, qu'il m'a paru nécessaire de le combattre. Ce sont donc les prétentions et les doctrines du parti tout entier que je vais réfuter à propos de la brochure de M. Kératry. Heureux si j'obtiens le suffrage des hommes généreux et éclairés qui ont conservé, au milieu des passions déchaînées, l'intégrité de leur jugement! C'est, au temps où nous vivons, la seule récompense qu'on puisse ambitionner pour prix des intentions les plus droites et les plus pures.

PREMIÈRE PARTIE.

CHAPITRE PREMIER.

Tort fondamental du parti soi-disant libéral.

LE parti prétendu libéral est né d'une erreur de fait. Il a cru, sur la foi des révolutionnaires intéressés à propager cette erreur, que la révolution avait été *ressuscitée* et non *enterrée* par la Charte.

M. Kératry nous dit (page 20) *que la révolution est rentrée dans le lit creusé par la Charte.*

Or, ce n'est pas *un lit* que la Charte a voulu creuser à la révolution, mais *un tombeau.*

Nous allons porter cette assertion jusqu'à l'évidence.

CHAPITRE II.

Que la Charte n'a pas voulu ressusciter la révolution.

QUE voulait la révolution ?

La souveraineté du peuple, — l'égalité absolue. Retranchez de ces deux dogmes leurs conséquences, c'est-à-dire les crimes qu'ils ont produits ; retranchez-en la suppression de la royauté, de l'église, de la noblesse, il restera toujours *la souveraineté du peuple, — l'égalité absolue.*

Ces deux dogmes sont-ils dans la Charte ?

Je lis dans cette Charte : « LOUIS, PAR LA GRACE DE DIEU, etc. Nous avons considéré que, *bien que l'autorité tout entière résidât en France dans la personne du roi,* nos prédécesseurs n'avaient pas hésité à en modifier l'*exercice* suivant la différence des temps ; que c'est ainsi que les communes ont dû leur affranchissement à Louis-le-Gros, la confirmation et l'extension de leurs droits à saint Louis et à Philippe-le-Bel, etc., etc....., nous avons dû, *à l'exemple des rois nos prédécesseurs,* etc.... Nous avons pris toutes les précautions nécessaires *pour que cette Charte fût digne de nous*, etc., etc. Nous avons dû nous souvenir aussi que notre premier devoir envers nos peuples était *de conserver*, pour leur propre intérêt, *les droits et les prérogatives* de notre couronne. Nous avons espéré qu'instruits par l'expérience, ils seraient convaincus *que l'autorité suprême peut seule donner aux institutions qu'elle établit la force, la permanence et la majesté dont elle est elle-même revêtue...; que quand la violence arrache des concessions à la faiblesse du gouvernement, la liberté publique n'est pas moins en danger que le trône même...* Nous avons cherché les principes de la Charte *dans les monumens vénérables des siècles passés*, etc., etc., etc., A ces causes nous avons *volontairement, et par le libre exercice de notre volonté royale, accordé et accordons*, FAIT CONCESSION ET OCTROI à nos sujets, etc., etc. Donné à Paris l'an de grâce 1814, et *de notre règne le* DIX-NEUVIÈME.

Loin donc que la Charte ait reconnu le dogme *de la souveraineté du peuple*, le premier mot de son préambule est une déclaration du droit divin Elle proclame ensuite que *l'autorité toute entière* résidait en France dans la personne du roi. La royauté y mentionne expressément qu'elle conserve les droits et les prérogatives de la couronne de France ; qu'elle donne la Charte générale, comme Louis-le-Gros et saint Louis ont donné aux communes des chartes particulières, en vertu de ces droits et sans y déroger ; qu'ainsi le principe de cette Charte est uniquement dans l'autorité, dans la souveraineté du Roi, souveraineté qui reste intacte, malgré la révolution et ses œuvres.

Voyons si le dogme de l'*égalité absolue* se trouve davantage dans les articles de ce code constitutionnel.

Nous y lisons, article 1er: Les Français *sont égaux devant la loi*, QUELS QUE SOIENT D'AILLEURS LEURS TITRES ET LEURS RANGS.

Nous pourrions nous dispenser de passer outre ; car il est clair qu'une constitution qui reconnaît *des titres et des rangs* ne proclame pas l'égalité, telle que la révolution l'entendait. Mais il est essentiel d'examiner divers articles de cet acte, afin de savoir si, comme le disent les *libéraux*, la Charte a voulu que les Français fussent égaux devant elle.

Les Français sont-ils égaux devant l'art. 24, qui institue une Chambre des pairs ? Sont-ils égaux devant l'article 34, qui porte qu'aucun pair ne peut être arrêté que de l'autorité de la Chambre ? Sont-ils égaux devant l'article 40, qui dit que les citoyens ne peuvent avoir droit de suffrage, s'ils ne paient 300 francs d'impôts ?

Sont-ils égaux devant l'article 38, d'après lequel les hommes qui, payant mille francs d'impôts, peuvent seuls être nommés députés ?

Sont-ils égaux devant l'article 51, qui soustrait à la contrainte par corps les membres de la Chambre ?

Sont-ils égaux devant l'article 71, qui reconnaît deux noblesses pour une, avec des titres, des rangs et des honneurs ?

Sont-ils égaux devant la loi de succession, qui permet à un citoyen de fonder un majorat au profit d'un de ses fils, et au préjudice des autres ?

C'est donc seulement hors des cas spécifiés dans la Charte, que les Français sont égaux devant la loi.

La Charte protège et garantit des inégalités sociales : ce qui est précisément tout le contraire de les exclure.

Mais, dira-t-on, l'article 8 de la Charte porte que tous les Français ont le droit de publier leurs opinions par la voie de la presse. Reconnaître ce droit, n'était-ce pas consentir d'avance à la marche de l'opinion ? — Oui, dans les limites de la Charte, et non pas contre elle. Du moment où l'opinion d'un parti menace les pouvoirs établis, les intérêts consacrés par la Charte, et les principes d'où la Charte est émanée, ce parti devient révolutionnaire ; et du moment où il devient révolutionnaire, il est coupable.

Nous croyons avoir prouvé que la Charte n'avait pas voulu *ressusciter* la révolution ; nous allons prouver qu'elle a voulu l'*enterrer*.

CHAPITRE III.

L'ARTICLE 9 porte : Toutes les propriétés sont inviolables, sans aucune exception de celles qu'on appelle *nationales*.

Quel est le but de cet article, sinon de couvrir du manteau de la prescription, de faire rentrer dans l'ordre, de légitimer enfin *tous les intérêts fondés*, nés de la révolution ? Certes la Charte n'entendait pas consacrer le principe qui avait produit ces intérêts, mais le détruire, en séparant de lui ses conséquences, en donnant aux propriétés, nées de ce principe, un intérêt commun à toutes les propriétés territoriales.

Voilà donc ce que voulait la Charte : creuser un tombeau à la révolution, et non pas un *lit*, comme le prétend M. Kératry ; mettre dans l'ordre monarchique les intérêts nés des principes révolutionnaires ; détruire ces principes : *les dogmes de la souveraineté du peuple et de l'égalité absolue ;* « renouer la chaîne des siècles, et réunir les temps anciens et les temps modernes » (expressions du préambule).

CHAPITRE IV.

Que le principe de la légitimité du trône est indispensable à la Charte.

Et il ne faut point perdre de vue que la Charte tirait en effet toute sa force, toute son autorité, du principe monarchique dont elle sortait. Que serait la Charte pour les royalistes, si, au lieu d'être émanée de la légitimité du trône, elle avait été proclamée au nom de la souveraineté du peuple ? Pense-t-on qu'ils se fussent soumis aux sacrifices que cette Charte exigeait d'eux, si elle n'eût pris sa source dans le principe de leurs devoirs, dans leur religion?

Qu'on y prenne garde : le jour où les révolutionnaires réussiraient à détruire la Charte, ils auraient détruit leurs propres garanties, et la guerre civile serait inévitable. Si même ils abusaient de cette Charte pour attaquer le principe de la légitimité des trônes, ils ne tarderaient pas à sentir des résistances dont ils ne peuvent calculer la puissance et l'activité, parce qu'elles sont maintenant enchaînées par ce principe. C'est ce qui est arrivé après le 20 mars; c'est ce que nous avons vu plus récemment à propos d'une certaine ovation qui offensait les mœurs et les sentimens d'un grand nombre de Français, en rappelant de fâcheux souvenirs.

De même, si l'égalité absolue pouvait naître de la Charte, tous les intérêts établis qu'elle a expressément garantis, toutes les propriétés, toutes les supériorités sociales, concevraient de justes alarmes; la paix publique dépend donc uniquement de ce fait : *que la Charte a détruit les dogmes de la révolution, la vie de la révolution.*

CHAPITRE V.

Objections des libéraux. — Réfutation.

Mais les *libéraux* sont partis de l'assertion contraire. Ils ont dit : La Charte a consacré les principes de la révolution ; elle a consacré l'égalité des droits en supprimant les anciens priviléges ; elle a consacré la souveraineté du peuple, en instituant un gouvernement représentatif, en appelant l'opinion des électeurs pour un tiers dans la législation ; donc, ajoutent-ils, la Charte est devenue elle-même la base de la monarchie ou le *principe* de la royauté *qui l'a donnée* (Remarquez bien que c'est vous, et non pas moi, qui soutenez cette alogie) ?

— Est-ce consacrer le principe de l'égalité des droits, que de supprimer des priviléges anciens pour en établir de nouveaux, comme je l'ai prouvé plus haut ? — Est-ce consacrer le principe de la souveraineté du peuple, que *de donner*, en vertu du droit divin, une part quelconque dans la législation, non pas même au peuple, mais aux propriétaires, en limitant l'exercice de cette part de législation dont on s'est encore réservé l'initiative et la sanction ?

Je ne prétends certainement pas nier que le peuple ait reçu par la Charte une part de souveraineté ; mais où est le principe de cette part ? Dans la volonté royale qui a donné la Charte. Ce principe n'est donc pas dans le peuple ; c'est tout ce qu'il m'importe de savoir.

Ces messieurs disent encore : Nous n'aurions pas voulu du Roi s'il n'avait donné la Charte ; donc la Charte a son principe dans notre volonté, à laquelle le Roi s'est vu obligé de céder. Il ne serait pas roi sans elle. — C'est-à-dire, qu'il ne serait pas *reconnu roi* par vous sans la Charte ; mais un grand nombre de Français n'auraient pas voulu de la Charte, sans le principe monarchique dont elle émane. L'existence de la Charte a donc hors de vous son principe et sa puissance : avec elle, l'ordre et la paix ; sans elle, la guerre et l'anarchie.

Les prétendus libéraux reviennent armés d'un autre argument. La révolution, disent-ils, ne voulait que le gouvernement représentatif; peu lui importe de quelle manière elle ait obtenu ce gouvernement : tout ce qu'elle demande, c'est d'en jouir.

— Si elle ne voulait que cela, pourquoi donc, après qu'elle l'a obtenu en 89, du vœu unanime des trois ordres, manifesté dans leurs cahiers respectifs, a-t-elle tué le roi, détruit l'église , massacr lés nobles? — C'est, répondra-t-on, que la royauté, l'église et les nobles étaient opposés au gouvernement représentatif tel que l'entendait la révolution. — Eh bien , messieurs, la révolution l'entendait mal; car un gouvernement représentatif qui ne peut s'établir que par la mort et l'oppression est un attentat et une monstruosité politique. Ce ne sont pas ceux qu'on tue qui ont tort, mais ceux qui soutiennent des idées incompatibles avec la paix de leur pays, l'existence et la liberté de leurs concitoyens. La Charte a voulu nous donner un gouvernement représentatif qui ne fît mourir personne ; tâchez, s'il vous plaît , de l'entendre comme elle , et non comme pas la révolution.

CHAPITRE VI.

Des conséquences de la Charte.

Nous ne demandons, dites-vous, que la Charte *et ses conséquences.* — Je sais que vous seriez fort en peine de déterminer ce que vous entendez par *ces conséquences ;* mais, sans percer les nuages dont vous enveloppez vos pensées, vous

m'accorderez que tout ce qui contrarie formellement la Charte, tout ce qui compromet les
existences consacrées par la Charte, les pouvoirs
qu'elle a établis, les droits qu'elle a garantis, ne
saurait être compris parmi les conséquences de
la Charte. Ici les chaînes de la logique ne vous
laissent pas le choix d'une réponse.

Je poursuis, armé de cette vérité qui me suffit
pour vous confondre. Vous ne pouvez voir les
conséquences de la Charte dans la loi d'élections
du 5 février, qui appelait à la Chambre des députés des ennemis déclarés, éternels par l'affreuse
nécessité du mal, de la dynastie légitime; des
hommes qui avaient tué le frère du Roi, qui
avaient banni deux fois les Bourbons du terri-
toire; des apôtres du dogme de la souveraineté
populaire et de l'égalité absolue, qui soulevaient
le peuple contre la noblesse, contre la grande
propriété désignée de nouveau aux passions
envieuses de la multitude sous le nom d'aristocratie; qui voulaient faire, des royalistes et des
volontaires royaux, une nouvelle classe de pros-
crits, et les priver du moins de leurs droits politiques.

Vous ne pouvez voir les conséquences de la
Charte dans ces saluts de tribune donnés au
drapeau tricolore, aux droits de l'homme et du

citoyen; à tous les mots classiques de l'anarchie; dans ces dogmes de l'insurrection prêchés dans le sanctuaire des lois.

Vous ne pouvez voir les conséquences de la Charte dans l'appel d'une minorité à la révolte contre des lois rendues par la majorité des trois pouvoirs constitutionnels; dans ces apologies de la sédition, dans ces accusations virulentes contre le Gouvernement qui la réprimait; dans ces éloges corrupteurs prodigués à la jeunesse de nos écoles, pour appeler l'intervention de la force matérielle et numérique dans nos débats législatifs.

Vous ne pouvez voir les conséquences de la Charte dans ces hommages rendus à la rebellion des soldats de Cadix, dans les menaces d'un pareil événement adressées aux organes de la royauté, s'ils refusaient de céder aux vœux exclusifs d'un parti.

Vous ne pouvez voir enfin les conséquences de la Charte dans tous ces efforts de la démocratie pour envahir toute la souveraineté, dont la Charte lui accorde à peine un tiers.

Puisque la royauté, la propriété, la noblesse, sont dans la Charte, tout ce qui tend à compromettre l'existence et les droits civiques de la noblesse, de la propriété et de la royauté, est donc

contraire à la Charte et aux véritables conséquences de la Charte. Si vous croyez que votre
parti doive faire la loi à toutes ces choses, c'est une
opinion à examiner; mais ne cherchez pas cela
dans la Charte, car, encore une fois, vous y
trouverez le contraire.

CHAPITRE VII.

Lumières du siècle.

Aussi, pour légitimer leurs volontés exclusives,
les *libéraux* se sont-ils efforcés de les appuyer,
en dehors de la Charte, sur les bases de la philosophie moderne, et de placer la source de leurs
opinions dans ce qu'ils appellent les lumières du
siècle.

Que la philosophie du dernier siècle ait imprimé une nouvelle direction aux travaux de
l'esprit humain, c'est ce que personne n'essaiera
de nier; mais le résultat de ces travaux est sujet
à contestation.

Je vois très bien qu'on a abandonné la science
de Dieu pour la science de l'homme; qu'on a
cherché, dans l'organisation physique de l'homme,
dans ses sensations, la source de ses besoins, de

ses devoirs, de ses rapports avec ses semblables, et qu'on a voulu asseoir sur cette base des constitutions artificielles, qu'on prétend ensuite rendre obligatoires pour la nature, pour le temps, pour l'ordre immuable de l'univers. Je n'ai pas de peine à comprendre qu'il résulte de ce système que la souveraineté n'est plus qu'une convention des individus, que les volontés individuelles, les droits individuels, les libertés individuelles sont la règle et la base de l'autorité législative, dont le Roi, si tant est qu'un roi soit compatible avec ces idées, n'est plus que l'exécuteur, le ministre, le sujet.

Ainsi je crois être au niveau des connaissances du temps, puisque *ces lumières* brillent aussi à mes regards ; je me crois même (qu'on me passe cet aveu qui annonce beaucoup moins d'orgueil qu'on ne pense), je me crois un peu plus avancé que le siècle, puisque je vois des choses dont il ne paraît pas se douter encore.

Je vois, par exemple, que l'univers est régi par des lois indépendantes de l'homme, préexistantes à sa création ; des lois dont il a le sentiment, la perception ; qu'il peut connaître ou méconnaître, offenser ou respecter, selon qu'il est dans le vrai ou dans le faux, dans le bien ou dans le mal. Je vois qu'il serait tout aussi spirituel de chercher dans l'analyse de l'homme, dans ses organes physiques, les principes et les lois de cet univers moral, que de chercher dans la dissection d'un œil les formes et les dimensions des forêts et des montagnes qui viennent s'y réfléchir. Je vois enfin que l'étude de ces lois et de leur auteur, la science de Dieu, principe de toute vie, de toute puissance, de toute durée, est la seule voie qui puisse conduire le genre humain à la vérité, au bonheur, à la sagesse, à l'accomplissement de ses destinées. Je vois que cette ère nouvelle, préparée par les ébranlemens, par les désastres, par les grandes leçons que la société a trouvées en marchant dans les sentiers de l'erreur, s'annonce déjà par quelques lueurs dans les ouvrages des savans, par un besoin de la civilisation, par l'attente presque universelle des hommes éclairés de l'Europe. Enfin je trouve dans la raison même la preuve que cette révolution peut seule prévaloir dans les sociétés politiques, parce qu'elle est religieuse, parce qu'elle est animée d'un principe de vie et de durée, tandis que l'autre révolution, celle du siècle dernier, celle de la philosophie moderne, était négative dans son principe, et par conséquent destructive dans son application, c'est-à-dire qu'elle tendait au néant par son triomphe ; et, pour le dire en passant, c'est ce que l'expérience nous a démontré d'une manière tout aussi frappante que la théorie.

Ce n'est pas ici le lieu de dire tout ce que je vois encore, *grâces aux progrès des lumières ;* mais il importe à mon sujet d'observer que les opinions qui ont pris leur source dans la philosophie du siècle dernier, n'ont pas droit à faire la loi dans la société, parce que, ainsi que nous l'avons remarqué, elles sont *négatives*, c'est-à-dire qu'elles ne pourraient *marcher* qu'à la destruction des droits reconnus, des intérêts acquis, des supériorités que le temps et la nature forment incessamment dans les sociétés, et que la Charte a voulu garantir ; qu'elles plongeraient enfin la France dans l'anarchie, dans le désordre, dans la guerre civile, sans d'autres fruits, pour la civilisation, que ceux d'une nouvelle expérience dont cette nation a moins besoin que toute autre.

Qu'arriverait-il en effet, si le parti, soi-disant libéral, avait l'avantage? Je crois aborder l'hypothèse la moins sinistre en supposant qu'il devrait son triomphe à la faiblesse du Gouvernement qui lui donnerait le ministère; il faudrait qu'il marchât dans ses doctrines, c'est-à-dire, qu'il réalisât ses exclusions. Nous verrions alors le personnel de la révolution , grossi de tous les intrigans politiques , se partager les grandes places de l'état ; tyranniser les idées, offenser les droits acquis , les intérêts moraux, les opinions religieuses ; *municipaliser* de nouveau la France , et mettre ainsi la classe qui possède sous les pieds de la classe infinie ; opprimer les nobles, les riches , les royalistes. Nous verrions les résistances naître de l'injustice ; nous verrions la législation venir à l'aide de la tyrannie, et l'anarchie ne tarderait pas à s'asseoir au milieu des trois pouvoirs. — Quelque chose qu'on fasse, les corps politiques ne sauraient marcher long-temps les pieds en haut et la tête en bas.

Il faut donc encore que le libéralisme renonce à se légitimer à l'aide des dogmes de la philosophie. Nous le répétons, en saine morale : une secte quelconque de philosophes ne serait fondée à demander l'application de l'état de ses opinions dans la société, que si elle avait réellement en sa possession des connaissances positives. Or, je nie formellement que la philosophie moderne ait trouvé autre chose que des *négations*. Elle n'a donc à nous offrir que de recommencer la révolution , et ce n'est vraiment pas la peine.

Mais, à défaut de vérités positives, le libéralisme se présente, fort de la disposition des es-

prits à le suivre dans la carrière politique. — Je
ne sais pas, nous dit-il, ce que je vous donnerai;
mais *faites-moi asseoir sur le trône auprès du
monarque*; car j'ai la confiance publique, l'opinion m'exhausse sur ses épaules : elle a formé en
ma faveur *une conspiration immense qui se recrute chaque jour, qui agit sans cesse, qui
se trouve dans l'air qu'on respire. Cette conspiration est mûre; réprimée ici, elle éclatera
ailleurs jusqu'à ce que son succès soit assuré* (page 41 de la brochure de M. Kératry).

Si cela existait au degré où le prétend le libéralisme, ce serait un grand malheur; car le jour
où le Gouvernement ne serait plus assez fort pour
protéger les droits et les opinions que la Charte
a consacrés et que la révolution attaque, la guerre
civile serait inévitable. Mais cet état de choses,
tout déplorable qu'il serait, ne légitimerait ni
les prétentions du libéralisme, ni la défection du
Gouvernement. Pour que ces prétentions fussent
respectables, et je dirai même pour que le triomphe de la révolution fût de nécessité, il faudrait
que cette prétendue disposition des esprits fût
naturelle ; il faudrait qu'elle tînt en effet à l'état
des lumières. Or c'est ce qui n'est pas ; et pour le
prouver, il me suffira d'établir, sur des faits irré-
fragables : *que l'opinion a été conduite sous les*

*bannières du libéralisme par des moyens ar-
tificiels, violens, contraires à la nature des
choses.*

CHAPITRE VIII.

Lorsqu'un ministre accueillit la funeste idée
de placer le trône au milieu des intérêts et des
doctrines du libéralisme, croyant sans doute le
fortifier de toute la puissance de la révolution,
il ne tarda pas à rencontrer, dans les dispositions
de l'opinion publique, des obstacles qui rendaient
son plan impraticable. La preuve en est qu'il se
crut obligé de changer ces dispositions en propa-
geant, en soutenant des faits controuvés, à la
charge des royalistes ; ainsi, il accusa les royalistes de vouloir rétablir le régime féodal, les
priviléges et droits seigneuriaux abolis par le
temps, encore plus que par la Charte.

Il les accusa de conspirer contre le trône,
contre le gouvernement représentatif, de nourrir
des projets de vengeance et de réaction contre
les hommes qui avaient pris part aux événemens
de la révolution, et de chercher à troubler les
acquéreurs de domaines nationaux dans la jouis-

sance des intérêts fondés que la Charte leur garantit.

Je ne ferai pas, aux hommes éclairés qui me lisent, l'injure de croire que ces accusations aient besoin d'être réfutées auprès d'eux; la force des choses a fait justice de ce système, dont malheureusement la calomnie était un des rouages obligés. J'observerai seulement que si ces préventions à charge des royalistes eussent existé dans l'opinion publique, on n'aurait pas été forcé de les y introduire, et de faire répéter, pendant plusieurs années, les mêmes accusations par les correspondances privées, par les pamphlets, par les journaux, par les instructions administratives, par tous les moyens qui sont en la puissance du Gouvernement.

C'est donc à l'aide de procédés artificiels qu'on a fortifié le libéralisme; c'est en dénonçant à la France, comme ennemi de la paix, de la liberté, tout ce qui n'était pas révolutionnaire, qu'on est venu à bout de faire tomber les choix des électeurs sur des partisans des doctrines révolutionnaires.

Et encore, malgré tous les efforts réunis du Gouvernement et du parti, la force des intérêts publics aurait inévitablement renversé le colosse en brisant le système électoral qui lui ouvrait la

Chambre des députés, si on n'eût employé des mesures violentes pour conserver ce système. La majorité d'un des pouvoirs de l'état fut frappée par une adjonction de soixante pairs; celle de l'autre Chambre fut faussée par des influences despotiques : tout fut entraîné dans le même sens par violence et par artifice.

Ainsi, bien loin que la royauté ait trouvé de la force dans le libéralisme, il a fallu, pour que le libéralisme prît une attitude politique, qu'il fût soutenu par toute la puissance de la royauté, tant ces dispositions étaient peu favorables aux idées révolutionnaires.

Il n'entre nullement dans mon sujet d'examiner tout ce qu'un tel marché avait d'avantageux pour la royauté. Je n'ai eu pour but, dans ce chapitre, que de prouver un fait important à la question qui nous occupe : que le libéralisme s'est élevé sur une opinion fictive. — Je vais maintenant démontrer qu'il ne se soutient, qu'il ne marche qu'à l'aide de cette fiction, soigneusement entretenue par ses adeptes.

CHAPITRE IX.

Ouvrez la première brochure libérale : vous y trouvez répété, sous toutes les formes, que tous les hommes opposés à la révolution *veulent le privilége, le régime féodal ; qu'ils sont ennemis du gouvernement représentatif, de la Charte ; qu'ils en veulent aux libertés publiques, aux droits acquis ; etc., etc.*

Or, ces accusations ne pourraient trouver d'organes dans un parti qui aurait le sentiment de sa raison, de son bon droit ; car tout homme qui se respecte doit éviter de faire entrer en ligne de compte, dans une discussion, des assertions qui ne sont pas fondées en logique. Est-il logiquement vrai que les ennemis de la révolution ne puissent vouloir autre chose que le régime féodal, les priviléges et droits seigneuriaux ? Est-il logiquement vrai qu'ils ne puissent vouloir de la Charte, ni du système représentatif, ni des libertés publiques ? Non, cela est au contraire logiquement faux ; car je crois avoir prouvé que les principes de la révolution n'ont rien de commun avec ceux de la Charte ; et les lecteurs mêmes qui ne partageraient pas mon opinion reconnaîtront, j'espère, qu'elle présente assez de bases raisonnables pour expliquer ma conviction, et rendre croyable mon attachement à un gouvernement représentatif fondé sur d'autres idées que celles de mes adversaires.

Les accusations du libéralisme contre les

ennemis de la révolution ne sont donc que des assertions gratuites qui auraient tout l'odieux de l'arbitraire, quand elles n'auraient pas celui de la calomnie.

Et cependant ces assertions sont absolument les seuls *argumens* du parti libéral dans toutes les questions qui s'agitent.

Les hommes intéressés à l'ordre attaquent-ils la révolution menaçante ? *Ils veulent les priviléges et les droits féodaux.*

Le Gouvernement demande-t-il les moyens de défendre la royauté contre les entreprises flagrantes de la révolution ? *Il fait alliance avec les hommes qui veulent le privilége et les droits féodaux.*

Et comme les droits féodaux ne sont assurément pas dans la Charte, la Charte est en péril quand on repousse la révolution, quand on réprime les séditions, quand on arrête les conspirateurs.

Et comme le Gouvernement s'est obligé à maintenir la Charte, il ne peut se défendre contre la révolution qui s'efforce de le renverser, *sans délier le pacte qui l'unissait à la nation, sans rendre les citoyens à l'exercice de leurs droits naturels, sans les obliger d'avoir recours à l'insurrection. Ainsi c'est la faute du Gouvernement si les peuples se révoltent ; c'est lui qui compromet la royauté qu'on voudrait pouvoir mettre hors de cause,* etc. , etc.

On voit que toute la marche du libéralisme, depuis la révolution parlée jusqu'à la révolution faite, part de ce point unique : que les ennemis de la révolution *veulent le privilége, les droits seigneuriaux, le régime féodal, la destruction du sytème représentatif, de la liberté*, etc., etc. Otez au libéralisme ce prétendu argument, que lui restera-t-il ? L'impuissance et la confusion.

Toute la force du parti de la révolution a donc sa source dans une fiction, et non dans la nature des choses : cette force est donc artificielle et non pas réelle; le terme de la puissance de ce parti est donc borné à celui d'une erreur qu'on a travaillé pendant trop long-temps à faire naître et à propager, mais qui tend à s'évanouir depuis que la cause qui la soutenait lui a retiré son action.

Ainsi le libéralisme ne peut se légitimer, ni par la Charte, ni par les conséquences de la Charte, ni par les lumières du siècle, ni par la tendance naturelle de l'opinion publique. Qu'a-t-il donc pour lui? Les fautes passées et la force que ces fautes lui ont donnée dans la Chambre. Examinons quelle est sous ce rapport sa position et ses droits.

CHAPITRE X.

Conduite du libéralisme dans la dernière session.

Lorsque les dernières élections eurent révélé aux plus aveugles l'existence anti-monarchique du libéralisme, sa tendance révolutionnaire, l'impossibilité de le maîtriser, de le contenir dans les voies de la Charte, et de l'empêcher de produire ses propres conséquences, qui sont la destruction de la royauté, des inégalités sociales, de toute aristocratie; lorsque se fut évanouie, comme une illusion funeste, cette croyance d'une secte d'abdérologues qu'on pouvait forger des doctrines pour enchaîner au pied du trône des principes qui l'excluaient, la grande propriété, l'esprit de famille, l'esprit de magistrature, et tous les intérêts graves et fondés qui trouvent dans la royauté leur seule garantie, conçurent de justes alarmes. On se tourna du côté du Gouvernement; on lui dit : Vous nous faites peur des royalistes, et la révolution va nous dévorer; tandis que vous nous parliez d'un danger imaginaire, un danger réel naissait pour nous, un nuage de tempête se formait, grossissait, marchait sur la France. Déjà il menace les sommités de la société; la royauté, comme la plus haute, est en butte à ses détonnations électriques; déjà même la pairie est attaquée dans les écrits, dans les journaux, en attendant qu'elle le soit à la tribune; la grande propriété est compromise dans la guerre qu'on déclare à l'aristocratie; la religion de l'état est désignée à la haine démocratique sous le nom d'ultramontisme; tous les intérêts sont en péril, le niveau de l'égalité plane sur toutes les supériorités légales. Où s'arrêtera-t-il? Sauvez-nous donc de la révolution, sauvez-nous de l'anarchie. Vous devez protection à tous les droits, à tous les intérêts légitimes. Arrêtez la démocratie dans sa marche, ou elle va tout envahir, tout détruire, tout renverser. La constitution est faite pour trois pouvoirs; si l'un des trois se rend maître de la législation, c'en est fait de la Charte, c'en est fait de la patrie !

Tels furent les cris de toutes les existences sociales, filles de la nature des choses, de tous les intérêts légitimes, adoptés et sanctionnés par les lois. Tels furent les vœux, les besoins du corps politique organisé par la Charte. En ce moment une catastrophe horrible vint frapper la dynastie et consterner la France et l'Europe. Je ne dirai rien pour rattacher ce fait aux doctrines révolutionnaires, qui ont reculé d'épouvante à son aspect; mais qu'on tâche donc de m'expliquer, sans cette cruelle identité, comment cette catastrophe donna une autorité souveraine aux cris d'alarmes qui s'élevaient de toutes parts contre la révolution!

Arrêter la marche du parti libéral fut donc un devoir, une nécessité du Gouvernement; et le changement de la loi d'élections du 5 février était le seul moyen de borner l'avenir de ce parti. Mais comme le rapport de cette loi ne pouvait en effet agir que dans l'avenir, sans rien enlever au parti de la puissance qu'il avait acquise, il parut indispensable d'armer le Gouvernement d'une force *extraordinaire*, pour qu'il pût faire face aux attaques du présent, et reprendre ainsi à la révolution tout ce qu'on lui avait donné d'avance par des moyens factices hors de l'ordre, c'est-à-dire par également des procédés *extraordinaires*. C'est ainsi que la majorité des deux Chambres vota les deux lois d'exception sur la liberté de la presse et sur la liberté individuelle.

Or cette minorité se composait de deux espèces d'hommes, s'il est permis de classer les hommes politiques selon les opinions qu'ils professent.

Les uns disaient : Nos volontés sont légitimes, et nous sommes les plus forts.

Les autres disaient : *Leurs* volontés sont obligatoires, car *ils* sont les plus forts.

Les uns : Si vous nous obligiez à nous révolter pour obtenir le triomphe de *nos droits*, c'est vous qui *auriez tort*.

Les autres : Si vous *les* forciez à se révolter pour obtenir le triomphe de leurs volontés, c'est vous qui *auriez tort*, car vous seriez les plus faibles ; nous serions fâchés du mal qui vous arriverait : mais vous en seriez responsables.

On voit que ces deux espèces d'hommes (quoique l'une fût moins absolue que l'autre dans son langage) se réunissaient cependant pour le même résultat : celui de faire la loi à la royauté, au préjudice des intérêts légaux que la Charte avait garantis, que la société devait protéger.

Et au fond ces deux opinions partaient du même principe, quoique moins hautement proclamé par l'un des deux partis ; car ceux qui disent au Gouvernement que le plus grand nombre doit imposer ses volontés à la société, ne tiennent aucun compte des supériorités naturelles et légales, ni des devoirs, ni des droits de la royauté. Ils ont donc vaguement dans leur esprit les principes de l'égalité absolue, et de la souveraineté du peuple.

L'événement a parfaitement justifié ce rapport de principes; car plus la minorité a marché dans les voies de l'opposition, plus ces deux nuances d'opinions se sont fondues dans la conduite commune, et il serait maintenant bien difficile de les distinguer.

Ainsi tout homme qui professera, au départ, ces deux principes de la révolution, arrivera nécessairement, et par la seule force des affaires, dans les rangs du parti révolutionnaire, et s'associera à toutes ses œuvres, quelle que fût, dans la vie privée, sa modération, sa tranquillité, son amour pour la paix et le bien public; je dirai même : quelque favorables que fussent ses sentimens à la dynastie *régnante*.

Le changement de la loi des élections était donc pour le ministère une entreprise de la plus grande difficulté; et pour que cette difficulté soit bien appréciée, il faut penser que toute la puissance du Gouvernement avait été employée pendant deux ans à soutenir cette loi et à propager les préventions les plus funestes contre les hommes qui l'avaient attaquée. Ainsi, en se réu-

(35)

nissant plus tard à ces hommes, on s'associait aux préventions qu'on avait semées, on se plaçait sous le poids des dispositions hostiles qu'on avait eu tant de peine à faire naître. Ensuite on ne pouvait dire en face à une Opposition de cent douze membres : Nous demandons le changement de cette loi, précisément parce qu'elle a appelé vos principes à la source de la législation, et que ces principes sont révolutionnaires.

Ils auraient répondu : Vous nous calomniez; nos principes n'ont rien d'hostile pour la royauté, ni pour la Charte; vous l'avez reconnu vous-mêmes.

Faute donc de pouvoir, dans l'état où se trouvait la Chambre, faire usage du seul argument qui fût vrai, on laissait de très grands avantages à l'Opposition; car il lui était facile de supposer au ministère des intentions criminelles, à la place de ses vrais motifs qu'il ne pouvait pas dire.

C'est de cette manière que la minorité se trouvait dans la position la plus avantageuse pour faire un appel à la multitude.

« Nous sommes ici, dirent quelques-uns de ses membres, *pour déclarer à la nation quand ses droits sont violés, quand le pacte social est délié, quand les citoyens sont rendus à l'exercice de* LEURS DROITS NATURELS. »

« On veut violer la Charte, s'écrièrent-ils presque tous ; on veut faire une contre-révolution ;
on veut rétablir le privilége, le régime féodal,
l'obscurantisme. Le Gouvernement a détruit ses
propres garanties ; l'insurrection est un devoir,
quand la liberté est attaquée, » etc., etc.

Que ces déclamations de tribune, ces menaces, ces appels aux passions de la multitude, aient
produit la sédition de Paris, c'est ce que j'affirme
sans hésiter, parce que je puis le prouver logiquement par cette loi immuable de la raison humaine qui place les effets dans la dépendance des
causes, ou, si l'on veut, les conséquences dans la
dépendance des principes.

Mais je douterais même que cette assertion
fût niée par les orateurs qui ont tenu ce langage ;
car, dans les opinions qu'ils soutiennent, ce n'en
serait pas moins le ministère qui aurait *eu tort*
de la sédition de Paris, puisqu'il aurait obligé
les organes, les défenseurs du peuple, de dire à
la nation qu'on violait ses droits, qu'on attaquait
sa liberté, et que le pacte qui unissait le Roi et
le peuple était délié par les entreprises coupables
des ministres qui méconnaissaient le principe de
la souveraineté du peuple, principe antérieur à
la Charte, et qu'on trouvait après elle.

Et en suivant toujours les opinions de ces orateurs, je vois qu'ils ont dû soutenir que le peuple *avait raison* de s'ameuter aux cris de *vive la Charte !* de résister à la puissance civile, à la force armée ; que ce ne serait donc pas ces députés qui *auraient eu tort* d'encourager la sédition, de la fortifier de l'autorité de leur nombre et de leur approbation, mais le ministère qui se serait rendu coupable d'un abus de la force armée, en repoussant avec des baïonnettes des citoyens qui usaient d'un droit qu'on ne pourrait pas leur contester si en effet le principe de la souveraineté était dans le peuple, et si la Charte était violée.

Il faut donc remonter au-dessus de ce conflit, pour savoir qui avait *droit* et qui avait *tort*. J'ai établi, je crois, avec tous les développemens nécessaires, que la souveraineté du peuple n'était pas dans la Charte ; que, par conséquent, ni la sédition, ni la révolution, n'était pas dans la Charte.

Que la Charte établissait trois pouvoirs ; qu'elle consacrait des inégalités sociales ; que, par conséquent, ces inégalités sociales avaient droit à la protection de la société ; que la souveraineté du Roi était dans la Charte ; qu'ainsi tout attentat contre cette souveraineté, toute entreprise illégale pour la violer, pour l'opprimer, pour lui dicter la loi; que toute tentative pour faire prévaloir les volontés, les prétentions, les passions de la démocratie sur les droits et les intérêts que la Charte a consacrés, étaient injustes, criminels, et ne pouvaient se légitimer enfin, ni par la Charte, ni par les conséquences de la Charte, ni par ce qu'on nomme les lumières du siècle, ni par la tendance *naturelle* de l'opinion publique.

Or, comme en détruisant *le droit* de ces orateurs, à la conduite qu'ils ont tenue dans la dernière session, je ne détruis pas *le fait* de leur conduite dans ces graves circonstances, *ce fait est donc un tort envers la Charte, envers la royauté, envers la société.*

C'est de cette base que je pars pour examiner les événemens qui se sont passés depuis la clôture de la session, et les griefs dont se plaint M. Kératry.

SECONDE PARTIE.

———

Argumens et griefs de M. Kératry; ses
principes, ses doctrines, ses opinions,
expliqués et rectifiés *pour l'intelligence de l'Histoire de France* en 1820.

———

§ Ier.

« Je sais qu'aujourd'hui, dans ce moment,
« il y a *quelques* dissidences dans le pays. On
« cherche à donner à ces dissidences *minimes*
« *ou très exiguës* une apparence imposante;
« on cherche à faire dans la nation *des majo-*
« *rités de cinq voix,* comme on en a fait il y
« a trois mois dans notre Chambre des com-
« munes. »

———

Mais si l'on peut obtenir *dans la nation* une
majorité de cinq voix contre le parti libéral, on a
donc déjà, pour soi, près de la moitié de la

nation ; car la majorité absolue se compose, comme on sait, de la moitié plus un. — La dissidence anti-révolutionnaire ou monarchique dont parle M. Kératry n'est donc pas *si minime*, puisque, de son aveu même, elle embrasse près de la moitié de la population. Et comme en politique les forces ne doivent pas s'apprécier d'après le nombre des individus, mais d'après les circonstances sociales qui les distinguent, telles que leur considération, leur fortune, leurs lumières, leur influence, leur crédit ; il s'ensuit que cette *dissidence-là* est en position de discuter du moins ses droits avec le libéralisme, et qu'elle n'est pas, comme le dit ce dernier, réduite à une condition tellement misérable qu'il ne lui reste plus qu'à céder à la force, à recevoir la loi de la révolution, et à se soumettre à toutes les calamités qu'elle voit dans le triomphe de son ennemie. Il s'ensuit encore que M. Kératry a tort d'appeler son parti *la nation*, à l'exclusion de l'autre moitié de la France qui se trouve en *dissidence* avec lui, et qui pourrait à plus de titres se dire aussi la nation, puisqu'elle a pour elle les principes de l'ordre, la justice, la royauté, la propriété ET LA CHARTE, toutes choses sans la réunion desquelles il n'y a pas de nation.

§ II.

« Le système rétrograde est une résolution ;
« on veut le transformer en réalité. »

———————

Prenez garde, M. Kératry ! Vous qui nous accusez de vous calomnier quand nous signalons l'identité des doctrines de votre parti avec les conséquences logiques de ces doctrines, vous faites pis à notre égard ; vous nous attribuez, sans aucun fondement, *des intentions, des résolutions* qui n'ont leur origine que dans votre tête. Qui vous a dit que nous voulussions le système rétrograde ? Dans quels discours, dans quels journaux avez-vous vu que nous désirions autre chose que l'ordre constitué, que la Charte ? Q l'avons-nous fait, qu'avons-nous dit qui tendît au rétablissement de l'ancien régime ?

§ III.

« Tuez l'infâme, disait Voltaire dans un dé-
« lire désavoué par la vraie philosophie : Tuez
« la Révolution, disent après lui d'autres éner-
« gumènes. »

———————

Oui, *tuez la Révolution, tuez l'infâme* qui

marche ouvertement à la destruction de la royauté,
de la Charte : *tuez l'infâme* qui prêche la sédition et l'anarchie; *tuez l'infâme* qui corrompt la
jeunesse, qui dénature toutes les idées sociales,
qui soulève les passions envieuses contre les intérêts naturels que la Charte a garantis; et dont
les paroles, semblables aux évocations des né-
cromans, font sortir de l'enfer les discordes, les
haines, les furies, les conspirations. *Tuez l'infâme*
qui n'a pour elle ni la vérité, ni la justice, ni
l'intérêt des peuples, et qui a contre elle ces deux
grandes lumières du genre humain : la raison et
l'expérience.

§ IV.

« La Révolution, fille du Temps et de l'Egalité,
« est robuste comme son père et juste comme sa
« mère. »

Fille du Temps et de l'Egalité, elle porte une
faux comme son père; elle est orgueilleuse et
sotte comme sa mère.

§ V.

« Ce qui est fort et *juste* est assuré de vivre. »

Voilà pourquoi elle est morte.

§ VI.

« Le droit commun est devenu l'Evangile du
« jour. »

Donc la Charte n'est plus votre Evangile ; car
il y a dans la Charte une classe électorale privi-
légiée, des pairs et des députés privilégiés, et
deux noblesses.

§ VII.

« Je sais que nous devons respect et dévoue-
« ment à la famille *régnante*, personne ne le
« conteste. N'avons-nous pas dit qu'elle est en ce
« moment hors la cause qui se débat entre *le*
« *droit commun et le privilége ?* »

Vous avez dit cela ! Vos paroles sont sans doute
plus authentiques que les événemens. Pourquoi
donc les principes de la révolution, dont vous vous
déclarez les apôtres, ont-ils fait périr violem-
ment six membres de cette famille ? Pourquoi des
orateurs *libéraux* ont-ils placé l'insurrection au
nombre *des droits communs* ? Pourquoi des électeurs *libéraux* ont-ils envoyé dans notre assemblée
législative un régicide, et des hommes qui avaient

deux fois voté le bannissement des Bourbons à
perpétuité? Pourquoi enfin (et la force de la
vérité m'entraîne à vous soumettre cette demande) pourquoi les gens qui conspirent contre
l'ordre établi ne font-ils autre chose que d'*agir*
comme *parlent* vos journaux? Vous nous parlez
sans cesse du *privilége* : si c'est celui de l'ancien
régime que vous entendez désigner, il est mort
à tout jamais et irrévocablement; ses souvenirs
sont évanouis, son nom même ne subsiste plus
que dans vos écrits; pourquoi donc le remettez-
vous en cause? Malheureux! qui nous prêtez des
intentions qui sont votre ouvrage, pour nous
tuer civilement, pour nous exclure de ce droit
commun où viennent se réfugier toutes les existences que la Charte n'a pas spécialement pro-
tégées, tremblez du moins que l'impartiale histoire, que vous prétendez abuser comme vous
avez trompé vos contemporains, ne vous range
avec ces cruels inventeurs de la loi des *suspects*
qui, comme vous, faisaient de leurs propres
idées un crime capital à leurs ennemis!

Non, il n'y a plus maintenant d'autres priviléges que ceux qu'on trouve écrits dans la Charte;
si c'est contre ceux-là que *le droit commun* est
en guerre, ce droit commun est en guerre contre
la constitution, contre l'ordre, contre la société

tout entière. Vous avez alors pleinement raison
de dire que c'est la révolution ; nous la recon-
naissons à son injustice, à sa tyrannie, à ses
œuvres !

§ VIII.

« Les ennemis seuls de la *famille régnante*
« pourraient la mêler dans ce débat du *droit*
« *commun* et du privilége. »

Oui, ses ennemis seuls ; mais qui sont ceux qui
mêlent la royauté dans la lutte des partis ?—Ce
sont ceux d'abord qui voient dans la *dynastie
légitime*, *la famille régnante*, qui ainsi la font
descendre des hauteurs du droit divin où elle serait effectivement au-dessus de tous les débats,
pour la placer dans la région des faits ; c'est-à-dire
dans celle des incertitudes, au sein de la mêlée
des opinions de chaque jour, au milieu de nos
querelles, de nos passions aveugles, de nos vio-
lences, de nos turpitudes. Ce sont ceux qui lui
disent : Hâtez-vous de réaliser nos vagues idées dans
la société, de les imposer à nos adversaires. Nous
ne pouvons ni déterminer ni légitimer ce que
nous voulons, nous le savons à peine nous-mêmes ;
mais nous savons seulement que nous ne voulons

pas d'autre autorité que la nôtre; nos systèmes ne se lient ni avec le passé, ni avec le christianisme, ni avec les longs travaux des âges. Ils ont leurs principes dans l'homme tout nu: c'est-à-dire dans nos bras, dans nos muscles, dans notre force physique dirigée par notre volonté, qui elle-même n'a d'autres règles que nos besoins, d'autres chaînes que nos craintes. Nous voulons bien reconnaître Dieu comme créateur, mais non comme régulateur du monde; nous le respectons comme le commencement des choses, mais nous le nions comme principe d'action, comme ordonnateur, comme loi des lois. Donnez-nous donc le pouvoir de refaire la société à notre guise; nous commencerons par détruire tout, parce que tout nous gêne, et cela s'arrangera ensuite comme ça pourra! Et si vous ne cédez pas à nos sommations, si vous ne nous placez pas à côté de vous sur le trône, nous nous mettrons en colère, « nous étoufferons, nous entrerons en convul- « sions; ces convulsions seront terribles,» nous ne répondrons pas de vous; mais quelque chose de malheureux qui vous arrive, ce sera vous qui aurez *eu tort,* en ne livrant pas à notre merci vos autres enfans, en protégeant leurs existences, leurs propriétés, leurs droits et leurs intérêts légitimes contre nos prétentions exclusives.

§ IX.

« Le mélange des hommes impliqués dans
« la conspiration de Vincennes, et leurs opi-
« nions antipathiques, prouvent au moins *que*
« *des partis divers se promettaient d'en re-*
« *cueillir le fruit.* »

Oui, les deux partis qui se sont donné la main
au 20 mars pour détruire la monarchie.

§ X.

« Que cette conspiration soit conçue de l'al-
« liance de quelques hommes qui rêvent de Na-
« poléon et de sa famille, *avec quelques autres*
« *qui ne seraient pas fâchés, par un coup vif*
« *au profit du privilége, de forcer le pouvoir*
« *à se jeter dans leurs bras.......* »

— Fort bien, M. Kératry, voilà qui est noble
et loyal ; ce sont les royalistes qui ont voulu
tuer les Bourbons ; *ce sont les nobles qui ont*
brûlé leurs châteaux. Ainsi, une première
calomnie, celle qu'ils veulent rétablir les priviléges abolis, sert de base à une calomnie plus atroce,

celle qu'ils ont voulu assassiner la famille royale. Entassez donc imposture sur imposture *pour l'intelligence de l'histoire!* Sont-ce les lumières du siècle qui vous autorisent à publier ces horribles absurdités, à noircir tout un parti dans l'opinion de vos lecteurs. Répondez, monsieur. Sur quels faits, sur quelle induction appuyez vous cette accusation? Trouvez-vous dans nos doctrines rien qui puisse légitimer l'assassinat de nos rois? Avons-nous dressé des autels aux Quiroga, aux Pépé? Avons-nous décerné des éloges aux régicides? Avons-nous rien écrit qui tendît à faire éclore, à déterminer de pareilles résolutions dans le cœur des hommes? Suivez une autre marche; remontez du fait à la cause; cherchez quels principes, quelles doctrines ébranlent la foi des peuples, déplacent leurs devoirs, détruisent leur amour et leur respect pour leurs légitimes souverains. Voyez ensuite de quel côté ces doctrines ont été proclamées et soutenues.

Et vous nous parlez de logique; et vous nous parlez de sens commun, de religion, de dignité de l'espèce humaine! Cessez, cessez d'insulter à cette nation dont vous prétendez vous rendre l'organe; vous n'avez pas tellement perverti le caractère français, qu'il ne reste dans ce peuple assez d'idées généreuses pour l'éclairer sur la position d'un parti réduit à employer de pareilles armes.

§ XI.

« Il sera toujours vrai que le ministère *aura*
« *eu tort* d'accorder à cette conspiration une
« publicité officielle : les traditions du règne
« précédent, en cela plus sage, auraient dû le
« préserver de ce faux pas, pour l'éclairer sur
« le compte de ceux qui emploient de pareilles
« armes. »

———————

Ne me trompé-je pas? Est-ce bien M. Kératry qui a écrit ce passage? Est-ce bien lui qui
blâme le ministère d'avoir dit à la France qu'un
complot tramé contre les jours de la famille
royale a été heureusement déjoué? Et en vertu de
quel droit la France eût-elle été frustrée de la connaissance d'un fait qui intéressait si vivement ses
affections, son repos, son bonheur, ses destinées?
Eh quoi! le même écrivain qui fait un crime capital au Gouvernement (page 32) d'avoir re-
tardé de quelques jours les nouvelles d'une révolution qui avait porté dans Naples une atteinte
funeste aux principes sociaux et à la majesté des
trônes, se plaint ici qu'on ait fait connaître aux
Français une conspiration qui a échoué! Cet
écrivain ne nous répète-t-il pas à chaque ligne,

que la publicité est l'élément essentiel du gou-
vernement représentatif, qu'elle est la pre-
mière condition de son existence, qu'il l'aspire
par tous ses pores, que quand on la lui re-
fuse, il étouffe, il entre en convulsion, etc.
Et il reproche au ministère de n'avoir pas suivi
les traditions du Gouvernement précédent,
c'est-à-dire d'un Gouvernement despotique !
Quel intérêt peut donc entraîner cet écrivain
dans cette contradiction choquante, dans cette
grossière inconséquence ? Quel intérêt a-t-il
donc à ce que la France ignore la vérité ? La
vérité serait-elle contre son parti ? Craint-il
que cette déesse auguste ne parle plus haut
que lui à l'opinion publique, et que le bon sens
du peuple français ne rattache, par une pensée
rapide et souveraine, les effets à la cause et les
conséquences aux principes ?

Il n'aurait donc pas fallu, suivant M. Kératry,
qu'on investît la cour des pairs de l'instruction
de cette affaire, ni qu'aucun tribunal régulier
communiquât au délit l'éclat de ses jugemens.
Qu'aurait-il donc voulu qu'on fît des conspirateurs ? Qu'on les enterrât vivans dans une basse-
fosse ? — Mais que deviendrait le Gouvernement représentatif ? — Qu'on les renvoyât sans
les juger, sans les punir ? — Que deviendrait

la justice ? Que deviendrait la société ? Et il faut que nous croyions que le parti *libéral* a des principes !

§ XII.

« Il résulte toujours, de l'agitation *qui fati-*
« *gue les esprits* depuis huit grands mois, mais
« principalement depuis le 15 février, qu'on suit
« une route pernicieuse depuis huit mois, et prin-
« cipalement depuis le 15 février. »

Cette agitation qui *fatigue les esprits* depuis huit grands mois, et principalement depuis le 8 février, savez-vous ce qu'elle annonce ? Elle annonce que l'intérêt public, éclairé sur les dangers communs, a rassemblé ses forces pour se dégager du monstre qui pèse sur son sein ; elle annonce que le Gouvernement est sorti de cette funeste acrisie qui le conduisait insensiblement au tombeau. Est-il temps encore ? Oui ! car les sociétés ont toujours un moyen de se conserver tant qu'elles recèlent dans leur sein des élémens de vie, et la France en est pleine. Il ne s'agit pour elle que de savoir les mettre en action, de les sortir de la fatale paralysie où on les a retenus trop long-temps. Un peuple existe tant qu'il reste entre Dieu et lui assez de rapports pour le soutenir au-dessus des abymes. Il vit tant qu'il possède, sous une forme quelconque, les types du vrai et du bien. Or, nous avons dans notre pays un vaste dépôt d'idées religieuses, de sentimens nobles et généreux, de véritables lumières, de principes d'honneur et de justice. Ce dépôt est intact ; la révolution, malgré ses torches et ses faux ; le libéralisme, malgré ses paradoxes et ses calomnies, les factions, l'anarchie, le philosophisme n'ont pu réussir à l'entamer ; c'est là qu'est la vie, le salut de la société, et peut-être de la civilisation européenne. Le Gouvernement sait où le prendre, et les *libéraux* savent où l'attaquer.

§ XIII.

« Les mouvemens des provinces, ce qui se
« passe même sous les drapeaux, prouve qu'il
« est urgent pour la monarchie de se rallier au
« libéralisme. *Elle lui apportera beaucoup ;*
« *mais elle ne gagnera pas moins.* »

Elle lui apporterait LA VIE ; elle gagnerait LA MORT.

(53)

§ XIV.

« C'est par là seulement qu'en se rassurant
« elle-même, elle rassurera l'Europe sur ses des-
« tinées. »

————————

C'est par là qu'en se perdant elle alarmerait
l'Europe, ét attirerait sur nous les châtimens de
la justice éternelle.

§ XV.

« Pourquoi les Bourbons et la Liberté ne
« *signeraient-ils pas un pacte indissoluble?* »

————————

Bien ! Messieurs, la Charte ne vous suffit
plus ; il vout faut un autre *pacte*, un pacte que
vous-même auriez imposé à la royauté. Ainsi se
réaliserait cette pensée constante de la révolution:
que le principe de la souveraineté est en vous,
dans votre volonté, dans vos opinions ; qu'ainsi
le Roi ést votre ministre , *votre mandataire*,
comme disait Mirabeau ; que par conséquent
vous avez le droit de le déposer, de le juger ;
et que c'est lui qui se révolte quand il fait dissi-
per par la force armée *les souverains* des cham-

bres garnies, et les législateurs des faubourgs. Cela est fort clair ; mais pour Dieu ! ne nous parlez donc plus de votre amour pour la Charte.

§ XVI.

« *Jusque-là* on ne saurait compter sur cette
« paix, dette capitale que les princes contrac-
« tent envers leurs sujets, et qui obligerait *les*
« *premiers* (les princes) au plus grand des sa-
« crifices envers les seconds, s'il n'était en leur
« pouvoir de l'acquitter. »

Allons donc, nobles fils de saint Louis, hâtez-vous de recevoir la loi d'un Quiroga français. Brisez avec le Ciel, pour vous associer aux turpitudes de la terre ; renoncez à la mission auguste que vous avez reçue pour le bonheur des hommes et la gloire de Dieu, pour l'accomplissement des hautes destinées du genre humain. Renoncez à protéger le faible contre les crimes du fort, contre les passagères folies, contre les passions, contre les fureurs qui se disputent l'orgueil de l'homme ; laissez la révolution dévorer, sous vos yeux, comme une vile proie, les biens, les droits, les libertés de vos sujets ; cédez notre bonheur, notre avenir, à nos ennemis ; cédez,

et s'ils vous prennent votre couronne, donnez-
leur votre manteau fleurdelisé ; allez au-devant
de leurs prétentions ; car ils sont méchans, et la
fidélité est silencieuse : donc elle n'existe plus !
— Les insensés ! croient-ils qu'il ne se trouverait
plus dans la patrie de Henri IV des millions de
Français prêts à verser jusqu'à la dernière goutte
de leur sang pour conserver dans tout son
éclat ce diadême, notre amour, notre
gloire, et l'espoir de nos neveux ! Ignorent-
ils donc que ces mots, ces deux seuls mots :
Dieu et le Roi, ont plus de puissance
que les milliers de volumes entassés par la révolution ? Ignorent-ils que ces mots ont sur le
sang français je ne sais quelle vertu d'affinité
prompte, involontaire, irrésistible, qui remue,
qui embrase, qui ravit l'homme le plus simple, et
brise comme des fils tous ses intérêts, toutes
ses chaînes terrestres, pour en faire, selon le cas,
un héros ou un martyre ! Que ces messieurs dai-
gnent un peu penser que nous existons, que
nous avons les mêmes droits qu'eux *à la souveraineté populaire*; que nous avons de plus des
principes, que la Charte nous garantit ces principes et ces droits, et que nous ne sommes nullement disposés à souffrir qu'il y soit porté atteinte au nom de la souveraineté libérale !

§ XVII.

« Il n'a existé aucun truchement entre le Can-
« tal et le Finistère, entre les départemens d'Ille-
« et-Vilaine et de la Seine-Inférieure ; et pour-
« tant les mêmes fêtes, les mêmes congratu-
« lations ont été simultanément offertes à
« MM. Guilhem, Desbordes, Girardin, Guit-
« tard, Le Graverend et Monthiéry.

« Je dirai, sans m'exposer au reproche d'exa-
« gération, que le retour de M. Guilhem dans
« ses foyers, depuis Angers jusqu'à Brest, n'a
« été qu'une longue et brillante fête de famille ;
« des escortes nombreuses à pied et à cheval,
« des cortéges de voitures, *des députations des*
« *communes limitrophes* des grandes routes,
« des banquets de cent et de cent cinquante
« couverts, l'attendaient à Angers, à Nantes,
« à Quimper, *à Landernau* et dans sa ville
« natale.

Eh bien ! qu'est-ce que cela prouve ? — Qu'il
y a un parti *libéral.* — Qui en doute ? — Que ce
parti est remuant, intrigant. — Qui l'ignore ? —
Qu'il est nombreux. — Comment cela ne serait-il
pas ? Depuis cinq ans on répète de toutes parts,

à la tribune, dans les journaux, dans les pamphlets; on l'a dit long-temps (si on ne le dit encore par un reste d'habitude) dans les bureaux des
administrations, qu'il y a une classe d'hommes qui
veut ressaisir les priviléges, rétablir les droits
féodaux et opprimer le peuple. Le peuple ne
veut ni des droits féodaux, ni des priviléges, ni
de l'oppression, et il a raison. On lui a dit, à la
session dernière, que le Gouvernement s'était
réuni avec cette classe d'hommes pour détruire
la Charte , pour rétablir l'ancien régime. Le
peuple a blâmé le Gouvernement, et il a eu
raison ; ce sont ceux qui l'ont trompé qui ont eu
tort. Ensuite les députés, qui ont crié le plus
fort au nom du peuple , sont allés dans leurs départemens. Le peuple leur a fait fête, et il a eu
raison encore ; car il n'y a rien d'illégal dans ces
fêtes, et rien n'est plus juste que de témoigner de la
reconnaissance à ceux que nous croyons avoir
montré du dévouement pour nos intérêts ; mais
suit-il de là qu'il faille donner la France aux chefs
du parti *libéral*, PARCE QU'ILS ONT TROMPÉ LE
PEUPLE ? Vraiment ! si c'est là une doctrine, je
conseille au siècle d'en tirer vanité ; il y a de
quoi !

Le voyage triomphal de M. Guilhem, depuis
Angers jusqu'à Landernau et à Brest, ne prouve

donc rien, si ce n'est qu'il y a depuis Angers jusqu'à Brest beaucoup de *libéraux*, beaucoup de gens trompés, un nombre plus considérable de curieux. Je ne vois là dedans *qu'un grand scandale à Landernau* ; mais le scandale peut-il *motiver* une révolution, un changement dans la constitution, dans les principes de la monarchie ? — Non, sans doute ; à moins que nous n'ayions abjuré la raison humaine, dernier dégré d'abrutissement où puisse tomber une société.— Mais que faire si les gens trompés sont en si grand nombre ? — Il faut se hâter de les désabuser; il faut que le Gouvernement dise, par tous les moyens qui sont en lui : Personne ne pense aux priviléges abolis et aux droits seigneuriaux, personne ne rêve l'ancien régime ; on a calomnié une classe de Français. Nos auxiliaires et nous voulons la Charte, rien que la Charte, toute la Charte ; par conséquent notre alliance ne menace que les ennemis de l'ordre, que ceux qui veulent une révolution. Telle est la vérité qu'il faut dire à la France solennellement et sans détours ; il faut la dire du haut du trône, du haut de chaque ministère, et dans chaque sous-préfecture. Puis faites exécuter les lois avec vigilance, et tous les hommes intéressés à la paix reprendront crédit et vous soutiendront. Dans tous les cas, vous ne

pouvez sans crime donner le pouvoir à un parti
qui n'a rien à réaliser dans l'état social que des
absurdités criminelles; à un parti dont les volontés sont destructives de l'ordre, de la civilisation; dont les prétendus principes ne peuvent
enfanter que la mort; qui déjà exerça le pouvoir
souverain pendant dix ans; et, pour monument
de sa puissance et de son génie, n'a laissé sur le
sol de la France que des chaînes et des ruines.
La conduite contraire aurait le double caractère
du suicide : l'irreligion et la démence.

§ XVIII.

« Ainsi, à mesure qu'un sage libéralisme s'af-
« faiblit au sein d'un Gouvernement, il va s'exal-
« tant dans la nation, au risque d'enflammer
« d'une folle ardeur les esprits et les courages.
« Les cabanes mêmes lui ouvrent leurs portes; il
« parle pour tous, il embrasse tous les intérêts;
« il a le droit de se dire *juste, puisqu'il de-*
« *mande pour tous la même fortune.* »

Je conçois qu'il doit être bien reçu dans les
cabanes en demandant pour tous la même fortune, et qu'on doit l'y trouver très *juste;* mais
que pensera-t-on de sa *justice* dans les châteaux ?

§ XIX.

« Quand la censure fut demandée par le mi-
« nistre de l'intérieur à la Chambre des députés,
« on la présenta en perspective comme devant
« servir à calmer la fougue des partis.

———

On la présenta comme moyen d'empêcher les
hommes de la révolution de mettre le feu à la
France; on la présenta comme moyen de défendre le trône, première sauve-garde de la liberté; elle fut demandée et accordée avec l'aver-
tissement formel donné à l'une des Chambres,
qu'elle serait du parti de l'ordre contre celui
du désordre, du parti de la monarchie, telle
qu'elle est constituée par la Charte, contre la
révolution.

§ XX.

« Créée dans un gouvernement constitution-
« nel, il était naturel, *convenable même*, que
« dans ses distributions, *elle eût une tendance*
« *vers les amis de nos institutions nouvelles* ».

———

C'est-à-dire qu'il était dans les convenances
qu'elle eût une tendance favorable au parti de la

minorité contre la majorité des Chambres qui
en avait armé le Gouvernement pour l'aider à
défendre les principes de la monarchie et de la
Charte, et les intérêts garantis par la Charte;
principes et intérêts que cette majorité avait jugés compromis par les entreprises, et les doctrines de la révolution. — Ainsi donc, il fallait
que la censure fût partiale en faveur des hommes
de la révolution, de ceux qui se donnent pour
les amis exclusifs des institutions nouvelles, et
qu'elle pesât sur les adversaires de ces hommes
c'est-à-dire sur ceux qui défendent les principes
de la monarchie et de la Charte; ainsi ce n'est
pas du tout l'*impartialité* que sollicite M. Kératry, c'est la *partialité* à l'avantage de son
parti.

Pour savoir si cette *partiatité* était due à ce
parti, qu'on se demande dans quelles circonstances la censure fut adoptée; qu'on se demande
de quel côté l'édifice constitutionnel était me-
nacé de tomber en ruines. La majorité des
Chambres a-t-elle voté cette censure pour accé-
lérer cette chute ou pour la prévenir? M. Kératry dira, sans doute, que la monarchie était
menacée de tomber *du côté du privilége*; mais
si la majorité qui a voté la censure avait pensé
comme M. Kératry pourquoi aurait-elle pris des

mesures opposées aux votes et aux opinions de
M. Kératry ?

§. XXI.

« Il était naturel et convenable que la censure
« *protégeât la révolution* rentrée dans le lit
« creusé par la Charte ; qu'elle en régularisât le
« cours, et qu'elle ordonnât le silence aux es-
« pérances criminelles, de quelque côté qu'elles
« osassent élever la voix ».

—————————

De mieux en mieux ! Il fallait qu'elle protégeât la révolution vivante, militante, et cons-
pirante ; qu'elle la laissât répandre ses doctrines
de la souveraineté du peuple, ses calomnies contre
le Gouvernement.

Il fallait qu'elle ordonnât le silence aux espé-
rances criminelles, de quelque côté qu'elle vins-
sent ! Cela est vrai ; et il n'est plus question, pour
savoir si les censeurs ont ou n'ont pas rempli
cette tâche, que de demander à M. Kératry s'il
peut citer dans tous les journaux, qui ont paru
depuis l'établissement de la censure, une seule
phrase, un seul mot qui exprimât des espéran-
ces dont la liberté, la constitution et les droits consacrés par la Charte, puissent concevoir la moin-
dre alarme. Je lis assiduement toutes les feuilles

-périodiques, et il ne m'est rien resté de cette lecture qui puisse suppléer à l'oubli que fait M. Kératry de produire des faits à l'appui de sa réflexion.

§ XXII.

« C'était le seul moyen qu'elle eût au monde
« de ne pas sembler une monstruosité inexpli-
« cable dans un système représentatif où les
« citoyens sont appelés à vivre de rapports et
« de communications. »

Ainsi donc il y aurait , selon M. Kératry., un moyen quelconque pour que la censure ne fût pas une monstruosité, ou (ce qui n'est que la même idée appliquée à l'ordre politique) *une exception* dans un système représentatif; et ce moyen, quel est-il ? Que la censure *protégeât la révolution , qu'elle eût une tendance* vers les *amis* des institutions nouvelles, comme les en-tend M. Kératry. Il fallait enfin *qu'elle fût du parti de M. Kératry* pour n'être pas incompa-tible avec le gouvernement représentatif. Voilà qui nous donne une haute idée des *principes* de ces soi-disant libéraux : pourvu qu'ils aient le pou-voir, peu leur importe les doctrines qu'ils ont professées. N'est-ce pas ainsi qu'ils ont mené les

affaires dans la révolution ? Que faisaient les principes constitutionnels, si absolus, si sacrés dans
leur bouche, le règne si long, si tyranique de la
terreur ? Que faisaient-ils sous Bonaparte quand
ces, cœurs qui s'enflammaient naguère au seul nom
de l'égalité, battaient si à l'aise sous un crachat
impérial ? Pauvres hommes ! Et vous *croyez que*
la France sera éternellement dupe de vos jongle-
ries ? Qu'elle sacrifiera sa paix, son repos, la
gloire et la dignité de sa royale dynastie, pour se
livrer honteusement à vos caprices, à vos passions ?

Pour nous qui n'avons pas, comme ces Messieurs, recusé l'exemple de l'Angleterre, où l'*ha-
beas-corpus* est suspendu dans les temps de troubles pour le salut de la liberté et de la constitution
elle-même. Nous pourrions sans inconséquence
tenir le même langage que M. Kératry; mais
nous pensons que la censure, de quelque manière
qu'on l'exerce, est un rouage étranger dans les
systèmes représentatifs; et nous ne connaissons
qu'une seul chose qui soit plus incompatible avec
ce mode de gouvernement : c'est l'existence d'une
faction en conspiration avouée contre l'ordre
établi (1).

« (1) Ils crient à la conspiration, et ils ont raison,

§ XXIII.

« Les censeurs sont juges et parties inté-
« ressées ; ils le confessent eux-mêmes. »

M. Kératry croyait-il donc qu'il existât en
France un homme tant soit peu éclairé, qui ne

« car la conspiration est permanente ; elle recrute
« chaque jour ; elle agit sans cesse , elle est dans les
« écrits comme dans les discours , dans les monumens
« comme dans l'air qu'on respire ; je lui prête ma
« voix en cet instant. Celte conspiration est mûre ;
« réprimée ici , elle éclatera ailleurs jusqu'à ce que
« son succès soit assuré. *C'est celle du droit contre le
« privilége.* » (page 40) Quels priviléges existent hors
de la Charte ? Ceux , direz-vous , *qu'on pense à rétablir.* Vous conspirez donc contre une pensée ? Des
rêves, de prétendues frayeurs vous suffisent pour légitimer vos hostilités ? et quand vos craintes seraient
sincères , qui vous dit qu'elles sont fondées ? Quoi !
c'est sur des suppositions gratuites que vous *prêtez
votre voix* à une conspiration qui, comme vous l'obser-
vez plus haut, peut mettre le trône en péril ! C'est
sur la crainte de projets éventuels que vous plongez
votre pays dans des calamités réelles !

Que s'il s'agit dans la phrase que j'ai rapportée de
détruire les priviléges existans, ceux qui sont consacrés par la Charte , ce sera bien pis !

5

fût pas partie intéressée dans cette lutte d'opinions d'où dépend le sort de la patrie ?

§. XXIV.

« Il en est un qui, dans sa candeur, m'a dé-
« claré n'avoir accepté de telles fonctions que
« pour faire prévaloir son propre sentiment. »

En vérité ! ce censeur vous a fait un aveu bien étrange ! Quoi ! il vous a dit qu'il avait une conscience, et qu'il exercerait ses fonctions d'après sa conscience, au lieu de se déterminer par des considérations de toute autre espèce ? Il vous a dit qu'il avait des principes, des opinions ; mais cela est-il défendu aux censeurs ? et ne les a-t-on pas nommés tout exprès pour juger d'après leur opinion, d'après leur conscience, ce qui pouvait être publié dans les journaux, sans compromettre l'ordre constitué par la Charte, sans blesser les convenances sociales, sans saper les fondemens de la monarchie, sans affaiblir le respect des lois et de la constitution ? Il y a lieu de croire que ce censeur, qui a fait une telle déclaration à M. Kératry, n'a point coutume de cacher ses opinions, et que si les ministres l'ont présenté à la nomination du Roi pour remplir cette place, c'est qu'ils trouvaient apparemment ces opinions conforme à celle du ministère. Il est présumable encore que si ce ministère venait à penser différemment à cet égard, il n'hésiterait pas à révoquer ce censeur; car c'est ainsi, et seulement ainsi, qu'on peut faire marcher les gouvernemens représentatifs, où l'on doit jouer *cartes sur table,* comme le dit lui-même M. Kératry. D'après *les principes* que nous avons vu professer quelques pages plus haut par ce député sur la matière qui nous occupe, il est probable que si le parti dont il est l'organe avait le pouvoir et la censure, M. Kératry n'irait pas chercher, pour exercer cette dernière, des hommes d'une opinion contraire à la sienne. Il est probable aussi que la majorité des Chambres qui a voté pour la loi des journaux, n'a point entendu qu'on confiât l'exécution de cette loi d'exception à des adversaires du Gouvernement qu'elle voulait en investir.

§ XXV.

« La censure s'est ouvertement prêtée aux
« envahissemens d'une église que le grand Bos-
« suet eût combattue; elle l'a laissée afficher
« des idées *ultramontaines,* sans songer que
« notre haut clergé, par une aversion qu'il ne

« déguise pas contre le régime actuel, s'est abso-
« lument placé, sous tous les rapports politiques,
« dans la position hostile où se trouva le clergé
« papiste de Jacques II, pendant la restauration
« anglaise. »

L'article 6 de la Charte porte : La Religion catholique , apostolique et ROMAINE , est la religion de l'Etat.

La censure est-elle cause si ROME est située par-delà les monts ?

— Il n'y a aucun rapprochement à faire entre notre haut-clergé, quelque *romain* qu'il soit , et le clergé papiste de Jacques II. L'un et l'autre à la vérité paraissent en opposition ouverte avec la tendance révolutionnaire ; mais c'est là le seul trait de ressemblance que puissent trouver entre eux les esprits même les plus superficiels. Veut-on savoir en quoi consiste la différence essentielle de leur position ? En ce que la révolution d'Angleterre avait en elle les germes de la vie, et que la révolution française a en elle les germes de la mort.

Dans la première, que soutenait toute l'ardeur de la réforme, le sentiment religieux le plus exalté l'emporta , et cela devait être ; la révolution reli-

gieuse entraîna comme une conséquence la révolution politique, et cela était dans l'ordre. Mais
les principes monarchiques se trouvèrent forti-
fiés au lieu d'être affaiblis ; et cette circonstance
appelle toutes les méditations de nos publicistes.
On transporta le droit d'hérédité, *sans aucune
altération*, de la branche catholique à la branche protestante. Et voilà comment la révolution communiqua à ses œuvres la vigueur et la
durée de son principe.

En France au contraire, la révolution est
athée, et cela est *contre l'ordre* ; elle ne peut
communiquer à ses œuvres que la destruction
et le néant ; son triomphe entraîne comme
une conséquence la subversion des principes
sociaux , et voilà pourquoi elle ne peut rien produire de durable. Aussi la religion est-elle toujours
au-dessus des atteintes de la révolution.

Voyons ce qui s'est passé en France sous la
Convention. La révolution ne fut jamais plus
forte que dans le temps où elle plaçait sur l'autel
du vrai Dieu une idole vivante prise dans les
derniers rangs de la dégradation sociale. Lorsqu'on promenait en triomphe une vile prosti-
tuée, digne symbole de la raison d'alors, la
révolution était triomphante au dedans et au
dehors ; mille machines à trépas travaillaient

journellement sur les places publiques ; toutes les idées étaient violentées, opprimées ; pas une seule voix qui osât confesser la vérité ou la justice ; la mort planait sur nos provinces, et la victoire sur nos armées ; et l'Europe terrifiée reculait devant nous. Qu'arriva-t-il alors ? Celui qui semblait devoir recueillir l'héritage de crime et d'ambition de tous ses complices moissonnés par lui, Roberspierre, s'avisa de penser à fonder un ordre quelconque : il proclame l'*Être Suprême*, et la révolution s'abyme.

De la proclamation de l'Être Suprême à l'article 6 de la Charte qui dit : La religion catholique, apostolique et romaine est la religion de l'Etat, il n'y a qu'une simple opération du temps et de la nature.

Si quelque chose met en évidence la démence de la révolution *rentrée dans le lit creusé par la Charte*, ce sont les efforts qu'elle fait pour attaquer la religion catholique sans avoir d'autres armes à diriger contre elle que de vieilles idées de protestantisme, quand ce protestantisme lui-même, lassé de se trouver livré, sans aucun point d'arrêt, à la vanité de la raison humaine, commence à jeter les yeux sur le Vatican. Si ces Messieurs croient pouvoir vaincre le catholicisme sans s'exalter au-dessus de lui dans les voies de la religion et de la vérité, ils sont dans une étrange erreur.

§ XXVI.

« *Lié avec le docteur P****, qui faisait partie de
« cette commission, je me plaignais de la mau-
« vaise nourriture qu'au mépris de la loi de l'état,
« le sacerdoce ne rougit pas de donner au peu-
« ple; il m'interpella sur ce que je ne consacrais
« pas à ce sujet important quelques lignes du
« *Courrier français*. Je lui répondis que ce
« serait peine perdue, et que la censure n'auto-
« riserait pas le transit de l'article. — Je ga-
« rantis le contraire, répondit-il, si vous n'êtes
« ni virulent ni moqueur. — Vous savez, répli-
« quai-je, que ce n'est pas là ma manière de
« traiter les sujets graves; ce ne serait que pour
« la soutenir que je porterais la main à l'arche
« sainte; mais cette témérité ne me serait pas
« plus pardonnée qu'au temps passé. » Le
« voyant insister, je lui dis : « Composez vous-
« même l'article; mettez-y tout le baume du
« ciel, et vous verrez encore qu'il ne sera pas
« assez coulant pour la censure. » Le docteur
« P*** se rendit à mes desirs; dès le lende-
« main, il m'envoya une vingtaine de lignes
« dont je fis la soumission à l'aréopage de la rue

« des Saints-Pères, qui, ignorant sans doute
« de quelle main elles partaient, toujours con-
« séquent à lui-même, rejeta bravement l'œu-
« vre d'un collègue. »

Cette anecdote est piquante; et ce qui doit en
augmenter le prix aux yeux de M. Kératry, c'est
qu'il aura eu, sans doute, de grands sacrifices
à faire au desir de la publier. *Il est lié*, dit-il,
avec M. *le docteur P***. Il nous dit, plus loin, qu'il
se félicite de pouvoir le compter au nombre de
ses amis; me permettra-t-il de lui demander s'il a
obtenu du docteur la permission de faire connaître
à la France cette historiette qui intéressait, qui
compromettait peut-être celui qu'il avait entraîné dans une position si fausse? De sa réponse à
cette question, dépendra l'opinion que nous devons nous faire de la loyauté de M. Kératry; car
où en serions-nous, en France, au milieu de nos
divisions politiques, si les rapports privés étaient
impliqués dans les intérêts de parti?

Les droits de l'amitié sont-ils moins sacrés
que ceux de l'égalité civile? Et ne pourrons-nous
désormais approcher un compagnon d'enfance,
un camarade d'études d'une opinion diffé-
rente de la nôtre, qu'avec le cœur serré par la

défiance? Faudra-t-il avec lui mesurer nos démarches, peser scrupuleusement nos paroles, dans la crainte de voir dans ses épanchemens un piége tendu à notre confiance?

M. Kératry nous dit plus loin que le système suivi par le ministère a déjà coûté des pleurs au docteur, et qu'il se félicite d'avoir été l'occasion de ce noble mouvement. Gardons-nous de pleurer devant M. Kératry; car il irait mettre dans son journal ou dans ses brochures nos larmes et *nos mouvemens*, s'il y voyait quelque avantage pour le libéralisme !

Quoi qu'il en soit, nous allons transcrire ici l'article que M. Kératry a obtenu de M. le docteur P***, et nous verrons si l'aréopage de la rue des Saints-Pères devait en autoriser l'insertion, dans l'ignorance, où il faut le supposer, des faits qui avaient donné lieu à l'article.

« D'anciens catéchismes sont, *dit-on*, réim-
« primés en France, et l'on conserve dans ces
« réimpressions *des choses que réprouve la*
« *Charte*, cette Charte qui est à la fois l'expres-
« sion de la volonté royale et le gage de la féli-
« cité publique. *Ne serait-il pas à propos de*
« *soumettre à une censure ces catéchismes*
« *réimprimés*, et de substituer *à des vieille-*
« *ries anti-constitutionnelles*, sinon toute la

« Charte, au moins quelques-unes de ses prin-
« cipales dispositions? Est-il rien de plus con-
« forme à l'Evangile que la Charte? est-il rien
« de plus propre à inspirer de l'amour et de la
« vénération pour son auteur auguste et pour
« sa dynastie? »

Le défaut capital de cet article me paraît
être le vague qui règne dans sa rédaction. « On
« conserve dans ces réimpressions *des choses*
« *que réprouve la Charte.* » — Quelles choses?
Sont-ce les doctrines de la foi catholique-ro-
maine qu'il vous plaît de qualifier ainsi?

Le lecteur du *Courrier* ne manquera pas de
le croire.

Ne serait-il pas à propos *de soumettre à une
censure* ces catéchismes réimprimés? — Quoi!
soumettre à une censure des catéchismes des-
tinés à enseigner *la religion de l'état*, dans un
pays où il existe *une liberté des cultes et une
liberté de la presse;* dans un pays où il n'y a
pas de censure pour les livres qui sapent les fondemens de la religion et de la morale? « Et
« de substituer à des *vieilleries anti-consti-*
« *tutionnelles,* sinon toute la Charte, au moins
« quelques - unes de ses principales disposi-
« tions. » — Qui vous en empêche, si cela
vous convient? Qui vous empêche d'avoir votre

catéchisme-Touquet comme votre Voltaire-Touquet?

Mais la censure devait-elle laisser publier que des choses contenues dans les catéchismes, *choses qu'on ne désigne pas autrement*, étaient *des vieilleries anti-constitutionnelles*?

Ce n'est pas, objecterez-vous, des articles de dogmes que vous prétendiez parler ; mais alors que ne vous expliquiez-vous? Il me semble que la censure ne pouvait prononcer sur un article dont il lui était impossible d'apprécier l'exactitude, l'intention, ni même la signification, et qui, sur la foi d'un *on dit*, avançait des accusations très-graves.

§ XXVII.

« Même exigeance, même sévérité en matière
« philosophique : non seulement il ne faut pas
« heurter les idées de messieurs les commis-
« saires, mais *hors le cas d'éloges, ils vous*
« *interdiront de nommer les écrivains* qu'ils
« honorent de leur approbation ou de leur
« amitié. Dans quelques pages que le public a eu
« la bonté de remarquer, *j'avais assez heureu-*
« *sement défini* l'égalité civile, telle que la con-
« sacre le gouvernement représentatif; j'avais été
« par conséquent dans le cas de contredire l'au-

« teur de la *Législation primitive*; *l'article*
« *trouva grâce, à la vérité*, et on n'y raya que
« quatre mots, mais ces quatre mots étaient :
« *comme dit M. Bonald.* »

———————

Un des abus les plus déplorables qui résulte
en France de la polémique des journaux, c'est
le peu de respect que montrent pour les noms
propres quelques-uns des écrivains qui défendent
leurs opinions dans ces feuilles. Cette licence qui,
si elle était tolérée, finirait par atteindre et par
délustrer toutes les réputations littéraires, tous
les caractères politiques, et par nous faire passer aux yeux des étrangers pour une nation de
pygmées, d'hommes sans dignité, sans talens,
sans morale; cette licence avait vivement frappé
la majorité des députés qui vota la loi de censure, et c'est à mes yeux un des devoirs de la
commission qui exécute cette loi, d'empêcher
soigneusement cette évocation des noms propres
dans les attaques des partis. Comment donc
M. Kératry peut-il trouver mauvais qu'on inter-
dise de nommer les écrivains hors le cas d'éloges,
surtout lorsqu'il reconnaît lui-même qu'en re-
tranchant le nom de M. de Bonald, qui n'était

sans doute pas loué par M. Kératry, les censeurs ont respecté l'article de ce dernier, dans lequel *il avait si heureusement défini l'égalité*, comme il le dit lui-même? Il est vrai qu'il accuse la censure de n'avoir pas usé de la même attention à l'égard de deux députés du côté gauche, en laissant insérer au Journal des Débats un article dans lequel on annonçait, en des termes à la vérité très-défavorables, leur voyage politique à Rouen; mais ce fait, le seul que M. Kératry ait produit à l'appui de ses plaintes, est d'autant plus mal choisi que ces députés *ne sont pas nommés* dans l'article en question. *Il est notoire*, dit-il, que MM. Lafitte et Casimir Perrier avaient été à Rouen vers cette époque. Cela pouvait être notoire pour M. Kératry, et ne pas l'être pour MM. les censeurs.

§ XXVIII.

« Remarquez bien que vous avez placé dans
« votre système, et de votre propre main, un
« germe de destruction imminente; c'est *la li-*
« *cence* des discussions parlementaires et la ser-
« vitude de la presse. Vous commandez au jour-
« naliste, mais vous ne pouvez atteindre l'ora-

« teur ; ainsi tous les deux vous échappent, et
« le journal se fait à la tribune. »

Eh bien ! un pays où les choses sont telles
n'est donc pas aussi esclave que le prétend
M. Kératry.

§ XXIX.

« Accorder à un peuple le gouvernement
« représentatif, et y joindre la censure des
« journaux, c'est de la même main accorder et
« ôter ; c'est vouloir et ne vouloir pas. »

Un pays où l'on peut imprimer et publier des
brochures pareilles à celles de M. Kératry, a le
droit de se dire libre, en dépit de la censure
des journaux.

§ XXX.

« Bon Dieu ! est-ce là ce que nous devions
« attendre, après six années écoulées depuis la
« déclaration de Saint-Ouen ? Notre édifice
« constitutionnel ne devrait il pas être assis ? Nos
« lois organiques ne devraient - elles pas avoir
« reçu leur développement ? Le trône de Henri
« IV ne devrait-il pas être fermement appuyé
« sur les intérêts du peuple ? L'occasion était si

« belle , les conjonctures étaient si favorables ,
« qu'il m'étonne qu'au lieu de jouir en paix du
« présent , on soit réduit à redouter l'avenir.
« Chaque Français , assis à l'ombre de sa vigne
« et de son figuier , eût savouré si bien les fruits
« de la civilisation ! chaque famille eût , avec
« tant d'effusion , rendu grâces au ciel protec-
« teur de ses destinées , et au prince sa touchante
« image ! Le climat de la France est si doux ,
« ses campagnes sont si belles , et ses habitans
« sont si bons et si généreux ! »

———————————

Mais qui a frustré la France des avantages
qu'elle devait attendre de sa richesse , de la paix
du monde , du développement des idées généreuses qui germent en si grand nombre dans son
sein ? Qui nous a frustré des progrès que nous
aurions faits dans le régime de la liberté , sous
l'égide d'un roi bon , clément , paternel ? Qui a
forcé nos majorités législatives d'avoir deux fois
recours aux lois d'exception ? et qui nous a fait
consumer dans des convulsions funestes cinq ou
six sessions qui auraient dû être employées à
fonder de sages institutions, à perfectionner l'édifice social , à étendre la prospérité du pays, à
creuser des canaux , à élever des monumens

d'utilité publique, à faire fleurir le commerce et l'industrie ? Qui, si ce n'est le parti qui a introduit la révolution *dans le lit creusé par la Charte* ? Comment veut-on que le trône puisse étendre la liberté publique, si, à chaque loi qu'il présente, il est réduit à trembler pour les principes d'où dépendent son existence et celle de la société ? s'il ne peut augmenter la somme de cette liberté sans augmenter aussi la somme de puissance des ennemis de l'ordre ? Comment l'arbre constitutionnel peut-il croître et fleurir s'il est continuellement sapé à sa base par la hache et le feu ? — Vous voudriez qu'il fût sans racines comme ces arbres de liberté que vous fichiez dans le sol aux temps de vos orgueilleuses saturnales ? Qu'est-ce que la liberté, si ce n'est le développement de l'ordre ? Et comment l'ordre peut-il exister si les principes de toutes les propriétés sont perpétuellement en question, c'est-à-dire en péril ? si la Charte n'est aux yeux d'un parti qu'un point de départ pour marcher à la conquête et à l'oppression de la France, à la ruine de la monarchie, à une révolution nouvelle? *si la liberté n'est qu'un moyen pour arriver à l'égalité*, c'est-à-dire pour détruire, à mesure qu'elles naissent, les œuvres du temps et de la nature?

Laissez-nous donc avoir une société, afin que nous puissions avoir une liberté; veuillez vous contenter de la Charte, afin que nous puissions avoir toute la Charte, et ne nous parlez plus de dicter un pacte léonin à la royauté; car une royauté qui recevrait une telle loi serait avilie, et une royauté avilie n'existerait plus. Ne soyez donc pas étonnés si vos menaces, vos conseils arrogans soulèvent contre vous tout ce qu'il y a en France d'idées d'honneur, de loyauté, de religion, tout ce qui veut que la royauté existe; ne soyez pas étonnés si, à chaque cri que vous poussez, les intérêts fondés sortent du repos qui leur est propre, se groupent autour du trône, et investissent le Gouvernement d'une nouvelle force. On commence à comprendre en France que la royauté est la sauve-garde et la garantie de toutes les propriétés, de toutes les consistances sociales : et il ne faut pas que l'enivrement des ovations libérales vous abuse jusqu'au point de vous persuader qu'il n'y a pas dans nos provinces de très-bons Français qui croient avoir quelque chose de mieux à faire que de courir par les chemins à la suite de MM. Guilhem ou Desbordes. L'amour de l'ordre est une puissance, à la vérité, beaucoup moins bruyante que le libéralisme; il ne donne pas des charivaris, il ne va pas la nuit chanter des adonies sous les arches du pont des Arts, il ne se multiplie pas par le mouvement et le tapage ; mais il est ferme, constant, éclairé, inébranlable dans ses principes ; il mesure ses résistances sur les dangers, et il a assez de vigueur, assez d'énergie pour faire face aux folles entreprises de ses adversaires. — Tout ce que ceux-ci pourraient faire de pis, en poussant à outrance leurs prétentions injustes et exclusives, ce serait une guerre civile ; mais une révolution, je les en défie : ils n'imposeront pas deux fois dans un siècle leur néant à une nation.

Je ne puis m'empêcher, en terminant ces réflexions sur les lamentations de M. Kératry, de m'écrier avec lui : (page 40) « Vaine et triste « énumération d'un bonheur que vous aviez sous « la main, et que vous repoussez avec délire ! « *Vous ressemblez* à des frénétiques qui brisent « leurs meubles, et se plaignent ensuite de leur « démence. » Malheur à ceux qui ont voulu *faire leur part la plus grande*, et qui nous parlent encore d'entrer en partage quand le partage est fait par la Charte !

JE crois avoir réfuté à-peu-près tout ce qui

valait la peine d'être relevé dans la brochure de
M. Kératry. Je ne l'ai point suivi dans ses
apologies ardentes de tels ou tels hommes
politiques, parce que je n'aime pas à faire entrer
des considérations de ce genre dans les hautes
discussions qui ont la vérité pour objet. Il n'y a
pas de personnes en logique, il n'y a que
des choses. C'est un moyen bien misérable
que de chercher à remuer dans l'ame de ses
lecteurs quelques sentimens de compassion
qu'on espère soulever contre le Gouvernement,
sur ce que, par une mesure d'état, il aurait retiré
leurs emplois à des hommes qui en avaient besoin! J'augure assez bien de ces personnages pour
croire qu'ils se seront trouvés heureux de pouvoir faire à leurs opinions de tels sacrifices, et
qu'ils repoussent du haut de leur caractère politique les plates condoléances que M. Kératry
ne craint pas de leur adresser. Ce publiciste devrait savoir que les hommes qui veulent toucher
aux grandes questions du perfectionnement des
sociétés et du salut de l'espèce humaine, com-
mencent par mettre sous leurs pieds tous les
int.. .ets de la terre.

Je n'examinerai pas davantage la partie de l'ouvrage de M. Kératry, où il traite de l'interven-

tion des souverains étrangers dans les mouvemens des peuples de l'Europe méridionale.

J'avoue que ma pensée recule devant un pareil
sujet, et que j'ai trop de confiance dans la force
des principes que je professe dans la justice de
la cause à laquelle j'appartiens, pour chercher
les moyens de la faire triompher autrement que
par les intérêts et les lumières de mes concitoyens. Je ne défendrai donc pas même, dans
la note de M. de Metternich au baron de Bers-
tette, les phrases que M. Kératry a empoi-
sonnées avec ses italiques, et je me contenterai
de faire transcrire dans les notes cette lettre
diplomatique, laissant le lecteur libre de juger
cette pièce selon l'impression qu'elle produira
sur son esprit.

NOTE UNIQUE.

*Lettre confidentielle du prince de Metternich
à M. le baron Berstett.*

VOTRE Excellence m'a témoigné le desir de
son Altesse royale M. le grand-duc de Baden,
de connaître d'une manière générale, mais aussi
précise que possible, les idées du cabinet impérial sur l'état politique de l'Allemagne. Cette
invitation de la part d'un prince qui donne journellement les preuves les plus louables de sa vo-

lonté ferme de protéger le bien , et de sa pro-
fonde connaissance des élémens qui s'y opposent,
m'honore autant qu'elle m'impose le devoir de
communiquer à votre Excellence, sans réti-
cence, le point de vue sous lequel nous consi-
dérons l'état actuel des choses. Le temps avance
au milieu des orages ; vouloir arrêter son impé-
tuosité, ce serait un vain effort. De la fermeté,
de la modération, de la sagesse, et enfin de
l'union dans des forces bien calculées : voilà ce
qui reste encore au pouvoir des protecteurs et
des amis de l'ordre ; voilà ce qui constitue aujourd'hui le devoir de tous les souverains et de
tous les hommes d'état bien pensans ; et celui-
là seul aura mérité ce titre au jour du danger,
qui, après s'être bien pénétré de ce qui est possible et de ce qui est équitable, ne se laissera
pas détourner du noble but auquel ses efforts
doivent tendre, ni par d'impuissans vœux, ni
par l'abattement.

Le but est facile à déterminer ; de nos jours
il n'est ni plus ni moins que le maintien de ce qui
existe ; l'atteindre est le seul moyen de conservation, peut-être même le plus propre à recou-
vrer ce qui est déjà perdu. Vers lui doivent donc
se réunir les efforts de chacun, et les mesures de
tous ceux qu'un même principe et un même intérêt réunissent. Les élémens combustibles qui

étaient préparés depuis long-temps se sont en-
flammés dans l'époque de 1817 à 1820. La marche fausse que le ministère français a suivie du-
rant cette époque, la tolérance qu'on a accordée
en Allemagne aux doctrines les plus dange-
reuses, l'indulgence pour d'audacieux réfor-
mateurs, la faiblesse à réprimer les abus de la
presse, enfin la précipitation avec laquelle elle
a donné aux états du midi de l'Allemagne des
constitutions représentatives ; toutes ces causes
ont imprimé l'abus le plus funeste aux partis que
rien ne peut contenter.

Rien ne prouve mieux l'impossibilité de satis-
faire ces partis, que l'observation que les me-
nées les plus actives ont lieu précisément dans
l'état où l'on a vu le plus de [condescendance
pour leurs vœux prétendus.

Le mal était parvenu avant la réunion de Carlsbad, à un tel degré qu'il aurait suffi d'une com-
plication politique insignifiante pour renverser
entièrement l'ordre social. La sagesse du système que les grandes cours ont adopté nous a
préservés de ce danger qui, encore dans ce moment, pourrait être mortel. Quel doit donc
être dans cet état de choses la marche d'un gouvernement éclairé ? En posant cette question,
on suppose préalablement la possibilité du
salut, et nous nous croyons parfaitement auto-

risés à un pareil espoir. En examinant les moyens par lesquels on pourrait atteindre un but aussi élevé, nous nous voyons ramenés au même point d'où nous étions partis. Pour réparer peu à peu, mais complètement, un édifice qui menace d'écrouler, il faut avoir avant tout un fondement assuré. Ainsi, pour travailler à un avenir plus heureux, il faut du moins être sûr du présent. Le maintien de ce qui subsiste doit par conséquent être le premier comme le plus important de nos soins. Par là, nous n'entendons pas seulement l'ancien ordre des choses, qui a été respecté dans quelques pays, mais encore toutes les nouvelles institutions légalement créées.

L'importance de les maintenir avec fermeté et constance se reconnaît par les attaques qu'on leur a livrées avec un acharnement peut-être plus fort que contre les anciennes institutions. Dans les temps actuels, le passage de l'ancien au nouveau est accompagné d'autant de dangers que le retour du nouveau à ce qui n'existe plus. L'un et l'autre peut également amener l'explosion des troubles qu'il est essentiel d'éviter à tout prix.

Ne dévier d'aucune manière de l'ordre existant, de quelque origine qu'il soit; n'entreprendre des changemens, s'ils sont jugés absolument nécessaires, qu'avec une entière liberté et après une résolution mûrement réfléchie : tel est le premier devoir d'un gouvernement qui veut résister aux malheurs du siècle. Sans doute qu'une pareille résolution, quelque juste, quelque naturelle qu'elle soit, excitera des combats opiniâtres ; mais l'avantage d'être placé sur une base connue et avouée est évident, parce que de ce point d'appui il sera facile d'arrêter et de déjouer dans toutes les directions les mouvemens nécessairement incertains de l'ennemi. Nous regardons l'objection qu'on pourrait faire, que, parmi les constitutions données jusqu'ici en Allemagne, il y en a qui ne reposent sur aucune base, et qui, par conséquent, ne présentent aucun point d'appui, comme non fondée. Si c'en était ainsi, les démagogues, toujours infatigables, n'auraient cessé de miner les constitutions. Tout ordre légalement établi contient en soi le principe d'un meilleur système, à moins qu'il ne soit l'œuvre de l'arbitraire ou d'un aveuglement insensé (comme à peu près la constitution des cortès de 1812). D'ailleurs une charte n'est pas encore une constitution proprement dite : celle-ci ne se forme que par le temps, et il dépend toujours des lumières et de la volonté du gouvernement de donner au développement du régime constitutionnel la direction pour séparer le bien du mal, pour raffermir l'autorité publique, et pour préserver le repos et le bonheur de la masse de la nation contre toute atteinte ennemie. Deux grands moyens de salut sont assurés aujourd'hui à tout gouvernement qui, dans le sentiment de sa dignité et de son devoir, n'est pas décidé à se perdre soi-même.

L'un de ces moyens repose sur la conviction satisfaisante qu'entre les puissances européennes il n'existe aucune mésintelligence, et qu'après les principes invariables des monarques, on n'en saurait prévoir. Ce fait, qui est au-dessus de tous les doutes, raffermit et garantit notre position et notre force.

L'autre moyen est l'union formée dans le courant des derniers neuf mois, entre les états allemands; union qui, avec l'aide de Dieu, deviendra indissoluble par la fermeté et la fidélité.

Les conférences de Carlsbad et les arrêtés qui y ont été préparés, ont agi plus puissamment et plus salutairement que peut-être nous n'osons nous l'avouer à nous-mêmes, dans un moment où nous avons encore le sentiment des embarras qui nous agitent, et où nous ne pouvons calculer que superficiellement tous les avantages que nous avons obtenus.

Des mesures aussi importantes que celles-ci ne pourraient être appréciées dans toutes leur étendue, que lorsqu'on peut connaître tous leurs résultats. Or, l'époque qui les suit immédiatement ne saurait nous les offrir tous ; néanmoins, même à présent, nous pouvons trouver la mesure des effets qu'ont produit les résolutions du 20 septembre, si nous calculons les progrès probables que les ennemis de l'ordre auraient fait sans elles.

Les résultats des conférences de Vienne, bien que d'un ordre plus élevé, seront d'un effet immédiatement moins brillant, mais d'autant plus profond et durable. Le raffermissement de la confédération germanique offre aujourd'hui à chacun des états qui la composent une garantie efficace ; avantage inappréciable dans les circonstances actuelles, et dont on n'a pu s'assurer avec quelque certitude que par la voie qu'on a suivie.

La bonne foi et la modération avec laquelle on a conduit cette œuvre importante, peut, d'un côté, nous avoir arrêtés sous de certains rapports, et nous avoir empêchés de prendre des mesures plus hardies et plus énergiques ; mais, en supposant qu'une telle marche ait été possible, de l'autre, il eût manqué à cette œuvre une des premières conditions, celle de la conviction libre et de la confiance sincère de tous les contractans.

Rien n'aurait pu compenser un pareil défaut, qui aurait été surtout sensible, lorsqu'il aurait fallu mettre à exécution des arrêtés pris sous de pareils auspices. En général, la force morale de la confédération était pour elle un aussi grand besoin que la force législative; et les progrès que la conviction de l'utilité et de la nécessité de cette union ont faits, sont, d'après notre manière de voir, le résultat le plus important et le plus heureux.

Les règles que les gouvernemens allemans ont dorénavant à observer peuvent être indiquées en peu de mots :

1° Confiance dans la durée de l'état de paix de l'Europe, et dans l'unanimité des principes qui dirigent les grandes puissances;

2° Attention scrupuleuse sur leur propre système d'administration.

3° Persévérance dans le maintien des bases légales des constitutions existantes, et ferme résolution de les défendre avec force et prudence contre toute attaque individuelle; mais en même temps :

4° L'amélioration des défauts essentiels de ces constitutions, faite par le gouvernement et motivée par des raisons suffisantes;

5° Enfin, en cas d'insuffisance des moyens propres, appel au secours de la confédération, secours que chaque membre a le droit le plus sacré d'exiger, et qui, d'après les stipulations présentes, peut moins que jamais être refusé.

Telle est, d'après notre manière de voir, la seule marche vraiment salutaire, légale et conservatrice. C'est sur de semblables principes que repose le système politique de Sa Majesté l'empereur; et l'Autriche, tranquille dans son intérieur, possédant encore une masse imposante de forces morales et de moyens matériels, n'en fera pas seulement usage pour sa propre conservation, mais elle saura toujours en disposer pour l'avantage de ses confédérés, dès que le devoir et la sagesse le leur commanderont.

Je désire que V. Exc. trouve dans cet exposé sincère l'occasion d'offrir à monseigneur le grand-duc une nouvelle preuve de nos véritables intentions, et du vif intérêt que la cour impériale prendra à la satisfaction personnelle de S. A. R., ainsi qu'au bien-être et à la sûreté de ses états.

J'ai l'honneur d'être, etc.

Signé METTERNICH.

FIN.